Das Eidechsenkind ist in Italien daheim und im Gastland zu Hause. Hier muss es sich verstecken: unter der Kredenz, im Schrank, in der Abstellkammer. In Ripa hingegen rennt der Junge wie alle Kinder dem Ball hinterher, jagt draußen die Wespen, gleitet von einer Umarmung in die andere. Dort, bei Nonna Assunta, wo ein Haus darauf wartet, fertig gebaut zu werden.

Hier im Gastland geht der Vater Tag für Tag auf den Bau, die Mutter in die Fabrik – das Eidechsenkind lässt Stunden und Tage verstreichen. Es vermisst die Wohnung mit seinen Schritten, hört die Nachbarin um Mehl bitten, die Kinder im Hof Fangen spielen, sieht die Stiefel des Padrone, der gerne zum Abendessen kommt und lange bleibt.

Bis es sich eines Tages zu heimlichen Streifzügen ins Treppenhaus hinauswagt, in andere Wohnungen, wo niemand die Gegenwart des Eidechsenkindes auch nur ahnt. Einzig Emmy, dem Mädchen, das neu im dritten Stock wohnt, gibt sich das Eidechsenkind zu erkennen. Der Dachstock gehört ihnen, doch bald will Emmy hinaus in die Welt, eine Band gründen, ans Meer.

Aus der Sicht eines Kindes erzählt Vincenzo Todisco in diesem erschütternden Roman von einem klandestinen Schicksal in einem belebten Wohnhaus, von kindlichem Einfallsreichtum und heimlicher Freundschaft.

Vincenzo Todisco

Das Eidechsenkind

Roman

EDITION BLAU
Rotpunktverlag

Dieses Buch erscheint mit finanzieller Unterstützung
von SWISSLOS/Kulturförderung, Kanton Graubünden
der Graubündner Kantonalbank
und der Fondation Jan Michalski.
Der Verlag bedankt sich dafür.

Der Rotpunktverlag wird vom Schweizer Bundesamt für Kultur
mit einem Strukturbeitrag für die Jahre 2021–2024 unterstützt.

www.rotpunktverlag.ch
www.editionblau.ch

Lektorat: Daniela Koch
Umschlagbild unter Verwendung eines Fotos von
Winterthurer Bibliotheken, Sammlung Winterthur
Umschlaggestaltung: Sabrina Zimmermann und Patrizia Grab
Druck und Bindung: Friedrich Pustet, Regensburg

ISBN 978-3-85869-783-7
6. Auflage 2021

Dieses Buch ist auch als E-Book erhältlich.

holen, und geht wieder zur Tür. Das Kind hört, wie die beiden Frauen miteinander reden. »Er ist zu dick, mein Carlos, viel zu dick«, weint die Frau. Die Mutter sagt, sie solle zum Arzt gehen, und reicht ihr das Mehl. Carlos' Mutter erklärt ihr, sie sei sogar mit ihm im Spital gewesen. Niemand könne ihr helfen. Das geht eine Weile so hin und her, bis Carlos' Mutter sagt, sie müsse jetzt gehen, und die Mutter anfügt, sie habe auch noch so viel zu tun. Das Kind horcht bis zum letzten Wort. Es kennt die Anweisungen. Sobald die Mutter den Besuch eintreten lässt, muss es unter die Kredenz kriechen. Steht es im Korridor, hat es dreizehn Schritte Zeit, um sich im Schrank in der Stanza in fondo zu verstecken.

Sonntags geht der Vater mit seinen Arbeitskollegen zur Baracke Karten oder Boccia spielen. Vorher sitzen die Männer eine Weile in der Küche und trinken Kaffee. Sie reden über die Baustelle, über das Essen, über den Sommer in der Heimat, wo das Hitzezittern die Arbeit beschwerlich macht. Das kommt daher, weil dort das Land flach, höchstens hügelig ist, meint einer der Kumpels. Auf der Baustelle im Gastland ist es wegen der Kälte auch nicht einfacher, wirft der Vater ein. Die Hände werden rissig und der Schweiß trocknet kalt unter den Kleidern. Während der Vater redet, schenkt die Mutter den Grappa ein und setzt nochmals Kaffee auf.

Die Männer trinken eine zweite und eine dritte Tasse. Sie sind müde von der Arbeitswoche. Sie lachen, weil einer beim Rauchen auf dem Stuhl eingeschlafen ist.

Die Mutter verabschiedet sich. Sie hat sich mit Carlos' Mutter zum Artischockeneinlegen verabredet. Erst dann kommen die Männer auf die Frauen zu sprechen. Sie tun es

1

Das Kind macht zuerst das linke und dann das rechte Auge auf. Es hat den Kopf an zwei Orten. Einmal in Ripa, wo ihm nichts geschehen kann, und einmal in der Wohnung, wo es die Schritte zählen muss. Vier Schritte sind es bis zum Tisch, zwei bis unter die Kredenz, ein langer Schritt bis zur Spüle, und dann sind es zehn kurze Schritte hinaus aus der Küche bis in die Mitte des langen Korridors. Am weitesten ist es bis zur Stanza in fondo, dem hintersten Zimmer. Genau dreiundzwanzig Schritte müssen das Kind im äußersten Notfall bis zum Schrank dort bringen.

Auch im Freien will das Kind die Schritte zählen. Dort schießt ihm aber das helle Licht ins Gesicht und macht es blind.

Nachts kommen die Wölfe. Dann müssen die Schritte leise sein. Die Wölfe finden das Kind fast immer. Sie beugen sich über das Bett und fletschen die Zähne. Das Kind ruft leise nach Nonna Assunta, die weit weg, in Ripa, wohnt. Das Kind hört Nonna Assuntas Stimme: »Sprich mit mir«, flüstert sie, »sprich mit mir und mach deine Fäuste, dann tun dir die Wölfe nichts.«

Es läutet an der Tür. Es ist bestimmt Carlos' Mutter, die wieder einmal Mehl braucht und immer in Eile ist, weil sie Carlos nicht zu lange allein lassen will. Die Mutter geht öffnen. Sie kommt in die Küche, um das Mehl aus der Kredenz zu

Erster Teil

so, als wäre ohne eine bestimmte Art von Frauen das Leben ein Irrtum. Der Vater hat eine Vorliebe für amerikanische Schauspielerinnen: Marilyn Monroe ist für ihn das Maß aller weiblichen Dinge. Er hat ein Bild von ihr aus einer Illustrierten ausgeschnitten. In den Baracken heftet jeder Gastarbeiter mit Reißnägeln ein zerfranstes Bild an die Wand. Jeder hat auf diese Weise eine geheime Geliebte. Sofia Loren, Gina Lollobrigida, Mariangela Melato, Claudia Cardinale, so heißen die Schönsten, aber nur der Vater mit seinem amerikanischen Spitznamen, Al, hat eine Amerikanerin für sich ausgewählt, und zwar die Schönste unter den Schönen.

Seitdem der Vater nicht mehr in der Baracke wohnen muss, trägt er Marilyns Bild in seiner Brieftasche. Das Kind soll der Mutter nichts sagen. Es weiß aber, dass die Mutter das Bild schon oft in der Brieftasche gesehen hat. Und es weiß, dass es ihr nichts ausmacht. Es ist ihm auch nicht entgangen, dass der Vater mit seinen Arbeitskollegen manchmal zu den Frauen aufbricht. Die Männer lachen darüber. Das Kind stellt sich mehrere Marilyn Monroes vor, die den Männern ein Foto mitgeben, damit sie es in der Baracke an die Wand heften können.

Wenn die Männer Kaffee trinken, ist das Kind nicht in der Küche. Aber es hört, was dort geschieht.

Jede Woche endet mit dem Sonntag, aber wenn die Tage kürzer werden, kürzer und dunkler, kann es vorkommen, dass die Mutter sonntags am Kochherd weint. Wenn sie das Weinen unterdrücken will, beißt sie die Lippen so fest aufeinander, dass ihr das Kinn zittert. In Anwesenheit des Vaters lässt sie die Tränen gar nicht erst hochkommen.

Der Plattenspieler steht in der Küche neben der Kredenz. Während der Woche darf das Kind die Platten auflegen. Wenn eine zu Ende gedreht hat, schreitet das Kind zum Plattenspieler, hebt behutsam den Arm an, führt ihn wieder zum äußeren Rand der Scheibe zurück und legt die Nadel auf die erste Rille. Sobald die Musik ertönt, stellt sich das Kind seltsame Dinge vor.

»Wenn die Wölfe mit ihren Krallen an der Tür kratzen«, flüstert es, »steige ich ins Boot.« Die Mutter trägt das Kind bis in die Stanza in fondo. »Wo steht denn dieses Boot?«, fragt sie besorgt. Das Kind zeigt mit dem Finger zum Fenster. Es will hochgehoben werden, damit es nach unten zeigen kann, auf das mit einer dünnen Moosschicht bewachsene Pflaster im Innenhof. Da ist das Boot.

Nach dem Sonntag kommt der Tag, an dem die Arbeit auf der Baustelle wieder losgeht. Das ist jede Woche so. Zwischen den Sonntagen liegt eine Zeit, die sich ausdehnt. Da in der Wohnung die Vorhänge fast immer zugezogen bleiben, bekommt das Kind vom Tag kaum etwas zu sehen.

Nachts wird es vom Heulen der Wölfe aus dem Schlaf gerissen. Die Augen sind so klebrig, dass es sie erst nicht öffnen kann. Deswegen fühlt es sich krank im Kopf und redet in das Schweigen hinein.

Tagsüber möchte das Kind Dinge tun, die es in Ripa tut, Purzelbäume schlagen, vom Bettrand auf den Boden springen, mit dem älteren Cousin aufs Velo steigen, im Garten dem Ball nachrennen. Der Vater wischt sich den Schweiß von der Stirn und sagt der Mutter, sie solle dafür sorgen, dass das Kind leise ist. Bei jedem Geräusch blickt er zur Tür.

Die Sorgen sind nicht übertrieben. Der Vater weiß von einem Paar, das seinem Kind Schlafmittel verabreicht hat, damit es während der Autofahrt im Kofferraum ruhig bleibt. Die Mutter schaut das Kind mit ernster Miene an und fragt: »Hast du gehört?« Sie erzählt ihm, im Zug habe sie eine junge Frau kennengelernt, fast noch ein Mädchen, die einen Säugling in den Armen getragen habe. Ihre Tränen fielen auf das Gesicht des Neugeborenen. Man hatte sie an der Grenze zurückgeschickt.

Deshalb schaut sich das Kind jetzt ständig erschrocken um. Es stellt sich hinter die Küchentür oder in die Abstellkammer. Oder es steigt in den Schrank der Stanza in fondo. Ein fahles Licht scheint durch die Ritzen. Wenn das Kind im Schrank die Luft anhält, wird alles zwei Mal so still.

In der Küche vermag einzig die Musik, die aus dem Plattenspieler kommt, die Leere zu füllen. Es gibt Lieder, die das Kind direkt in die Magengrube treffen: »Quando sei qui con me … questa stanza non ha più pareti …« »Wenn keine Wand da ist, finden mich die Wölfe«, sagt das Kind. Die Eltern haben keine Zeit, ihm zuzuhören. Sie sind mit anderen Dingen beschäftigt. Es ist das Jahr 1961, und hier beginnt ihre Rechnung. Sie geben sich fünf Jahre Zeit, dann wollen sie genug Geld verdient haben und wieder nach Hause fahren. Das Kind wollen sie schon bald nach Ripa zurückbringen, dass es so lange bei Nonna Assunta bleiben kann.

2

»Was soll aus dem Kind werden?«, fragt die Mutter, während sie mit finsterer Miene zum Fenster blickt. Am Morgen öffnet sie die Läden nicht mehr. Sie sagt, Ripa sei ein elendes Kaff.

Die Leute weichen ihr aus, weil sie ein Kind hat und nicht verheiratet ist. Nonna Assunta hat deswegen viel geweint. Sie streitet sich fast täglich mit ihrer Tochter. Beide schreien und fuchteln dabei mit den Händen in der Luft herum.

Der Vater ist im Gastland. Er muss dort Geld verdienen. Er und die Mutter haben sich beim Tanzen auf dem Dorffest kennengelernt. Auf dem Heimweg hat er ihr mit seiner schönen Stimme eine Arie vorgesungen. Zur Belohnung hat ihm die Mutter den ersten Kuss gewährt. Danach ist sie mehrmals heimlich mit ihm ausgegangen. Sie ist schwanger geworden. Als das Kind zur Welt kam, hat Nonna Assunta den Vater beim Schopf gepackt und ihm gesagt: »Du sorgst jetzt für die beiden.«

Nonna Assunta trägt das Kind durchs Haus. Es ist wieder einmal krank und hört nicht auf zu weinen. Das Haus ist viel zu klein für die Familie. Nonna Assuntas ältere Tochter, ihr Mann und ihr Sohn leben auch dort. Zu ihnen sagt das Kind Zia und Zio, zum Cousin sagt es Du. Die Zia arbeitet den ganzen Tag auf dem Feld, sie spaltet Holz in der Scheune und bringt es ins Haus. Der Zio ist Handlanger und muss sich immer wieder eine neue Arbeit suchen. Am Abend kehrt er heim und redet kein Wort, auch weil er einen dicken Schnauz hat, der ihm den Mund zuschließt. Sogar wenn er seinen Sohn anbrüllt, versteht man nicht, was er sagt, aber dem Kind, das weinend auf Nonna Assuntas Schoß sitzt, macht die laute Stimme Angst.

Nonna Assunta bittet dann den Cousin, den Ball eine ganze Weile lang gegen die Wand zu treten, damit das Kind auf die Stöße hört und sich beruhigt.

Nonna Assunta und die Mutter stehen in der Küche. Sie sehen sich an. Die Tür ist offen. Es ist ein schwüler Sommerabend, die Hitze hat nicht abgenommen. Große schwarze Wolken stehen am Himmel. »Es wird wieder kein Gewitter geben«, sagt Nonna Assunta. Durch das Haus weht der Geruch der Lavendelsträucher, die den Straßenrand säumen. Vom Jahresfest auf dem Kirchplatz kommt Tanzmusik herüber.

»Das Kind ist nicht einmal getauft«, schimpft Nonna Assunta und legt ihren Strohhut auf den Tisch.

»Im Dorf werfen sie mir schräge Blicke zu«, beklagt sich die Mutter, »ich will fort. Ich gehe zu Al. Dort ist alles besser. Wir kommen zurück, sobald wir genug Geld haben. Al wird mich heiraten. Er ist nicht abgehauen. Mit dem Geld bauen wir uns hier ein Haus.«

»Al ist ein Nichtsnutz!«, brummt Nonna Assunta.

»Er singt so schön wie keiner sonst. Er hätte ohnehin wegmüssen«, verteidigt ihn die Mutter, »hier gibt es ja nichts.«

»Ich hatte recht«, murmelt Nonna Assunta, »das Gewitter kommt nicht.«

Sie verschwindet hinters Haus, um mit einer großen Kanne die Tomaten zu gießen. Ohne Gewitter ist auch die Nacht schwül. Schlafen ist schwierig. Die Mutter wartet bis zum Morgengrauen. Dann packt sie Kind und Koffer und geht fort.

»Das Kind ist mir das Liebste auf der Welt!«, ruft ihr Nonna Assunta hinterher, während sie die Hühner aus dem Stall herauslockt.

3

Die Reise von Ripa bis ins Gastland dauert einen Tag und eine Nacht. Einmal ist der Vater allein unterwegs, ein anderes Mal mit der Mutter zusammen, oder die Mutter fährt allein. Wenn das Kind mitreist, wird es als blinder Passagier über die Grenze geschmuggelt.

Die Mutter hält das Kind an der Hand, als sie den Perron entlanggehen. Der wartende Zug kommt ihm unerreichbar hoch vor. Männer schauen aus den Fenstern. Eine Frau hebt mit beiden Armen einen großen Koffer hoch, stellt sich auf die Zehenspitzen und reicht ihn einem Mann, der sich hinauslehnt. Bei der Frau stehen noch andere Taschen und Kartonschachteln, vollgestopft und mit einer dicken Schnur zusammengehalten. Das Kind macht sich ein Spiel daraus, sich durch das herumliegende Gepäck hindurchzuschlängeln, bis die Mutter es am Schopf packt und in den Zug zieht. Danach fährt und fährt der Zug. Er legt eine lange Strecke durch die weite Ebene zurück und rollt in die Nacht hinein. Sobald sich die Reisenden ins Schlafwagenabteil zurückziehen, gleitet das Kind lautlos durch den Gang. Als es müde ist, schleicht es ins Abteil zurück und kauert sich neben der Mutter unter die Decke, bis es vom Schaukeln des fahrenden Zuges in den Schlaf gewiegt wird. Die Reisenden teilen sich zu sechst ein Abteil. Sie liegen auf ihren Pritschen, husten im Schlaf, es stinkt nach Schweiß, die Wolldecken sind feucht. In der Nacht legt der Zug Pausen ein, rattert langsam über die Weichen, bis er für längere Zeit stillsteht. Das Kind wird wieder wach. Es streckt den Kopf aus dem Fenster und atmet den eisernen Geruch ein, der von den Gleisen aufsteigt. Dann fährt der Zug quietschend wieder los. Das Kind schaut noch so lange aus dem Fenster, bis es draußen hell wird.

Kurz danach klopft der Schlafwagenschaffner mit einem Vierkantschlüssel an die Tür, um die Reisenden zu wecken. Am Morgen sind sie gesprächiger und voller Zuversicht. Die, die ihre Reise weiter unten im Süden angetreten haben, berichten, dass der Zug eine ganze Weile direkt am Meer entlangfährt. Dann sei auf einmal alles blau und man könne den Himmel nicht mehr vom Wasser unterscheiden.

Immer wieder streckt das Kind den Kopf Richtung Fenster. Plötzlich steht mächtig der Berg da. Das Kind fragt die Mutter, ob der Berg das flache Land verschlungen habe. Die Mutter schüttelt den Kopf und sagt, das Kind solle nicht immer solchen Träumereien nachgehen.

Vor dem Grenzübergang muss sich das Kind zusammenrollen und ganz klein machen. Es kriecht unter die Sitzbank und wickelt sich in eine Decke. Einmal hat die Mutter es in einem Koffer versteckt. Als die Pässe kontrolliert sind und die Gastarbeiter für die sanitäre Kontrolle aussteigen müssen, wartet das Kind allein im Zug. Es späht aus dem Fenster und sieht, wie sich die Mutter mit den anderen Reisenden vor dem Schalter eines grauen Gebäudes einreiht, wie sie beim Hineingehen die Blusen und Hemden ausziehen. Nach einer Weile kommen alle zurück und holen ihre Sachen. Die Mutter steigt mit dem Kind in einen anderen

Zug. Sie zeigt ihm den Finger, in den der Arzt gestochen hat, um Blut abzunehmen. Sie zeigt auch auf die Brust und sagt, man habe ihre Lungen abgehört. Sie holt den Pass hervor und erklärt dem Kind, der Beamte habe einen Stempel hineingedrückt. »Jetzt geht es weiter«, seufzt die Mutter. Sie ist müde vom ständigen Hin und Her. Sie hat Rückenschmerzen, und nach der Ankunft wird sie noch tagelang das Rattern des Zuges unter den Füßen spüren. Auch das Kind ist die Reise, die kein Ende nimmt, leid. Die Mutter flüstert: »Schlaf jetzt!« Das Kind beißt die Zähne aufeinander. Es sagt, wie viele Schritte es während der Nacht im Gang gemacht hat.

»Ich will das nicht hören«, sagt die Mutter.

Nach der Ankunft des Zuges herrscht auf dem Perron Geschäftigkeit. Gastarbeiter steigen aus und drängen durcheinander, es werden Koffer und Taschen geschleppt. Die Mutter zieht das Kind hinter sich her. In der Bahnhofshalle treffen die Ankömmlinge auf Verwandte oder Freunde, die sie freudig empfangen. Es gibt auch zahlreiche andere Gastarbeiter, die auf niemand warten. Sie kommen zum Bahnhof, um Landsleute zu treffen, weil man dort Zigaretten und Zeitungen aus der Heimat kaufen kann und weil es Sitzbänke gibt, von wo aus man bequem auf die Züge sehen kann. Auch hier will sich das Kind durch die aufgeregte Menschenmenge schlängeln. Solange die Mutter den wuseligen Körper an ihren Beinen spürt, richtet sie ihren Blick nach vorn. Kaum merkt sie, dass sich das Kind entfernen will, greift sie es an den Haaren. Manchmal entweicht es ihr doch, und sie verliert es aus den Augen. Dann sucht sie verzweifelt nach ihm. Sie ruft: »Wo bist du? Komm zurück!«

Das Kind hat keine Angst, die Mutter zu verlieren. Als sie sich wieder gefunden haben, fährt sie ein Bekannter mit dem Auto in ihre Stadt. Das Kind muss geduckt bleiben, wird auf der Rückbank unter einer Decke versteckt. Bevor sie ankommen, muss die Mutter aussteigen und von einer Telefonkabine aus dem Vater in der Baracke ihre Ankunft ankündigen. Sie haben ihre geheimen Erkennungszeichen. Sobald die Luft rein ist, hängt der Vater ein farbiges Tuch ins Fenster. Einmal mussten Mutter und Kind lange im Auto warten, mehrmals um die Häuser gehen, bis sie hineinkonnten.

Im Gastland ist das Kind ein Kind, das nicht sein darf. Die Eltern trichtern ihm ein, es dürfe nur flüstern, mit niemand sprechen, es müsse immer auf der Hut sein. Wenn man es entdeckt, verliert der Vater seine Arbeit, und sie müssen alle drei zurück nach Ripa.

4

Nach ein paar Wochen kehrt die Mutter mit dem Kind aus dem Gastland zurück. Sie sagt, dort gebe es strenge Regeln, da könne man nicht einfach kommen und irgendwo wohnen, schon gar nicht mit einem Kind. Man brauche eine Arbeit, die Polizei müsse einem die nötigen Papiere aushändigen, eine Bewilligung mit einem Stempel, die Männer dürften ihre Familien nicht zu sich holen. »Besser nicht verheiratet sein, dann ist man keine Familie. Aber wenigstens gibt es Arbeit«, sagt sie. Sie will wieder zurück, ohne Kind.

»Gut, lass es hier«, sagt Nonna Assunta.

In Nonna Assuntas Haus gleitet das Kind von einer Umarmung in die nächste. Sogar der Zio nimmt es manchmal auf den Arm, und das Kind schielt über seine Schultern zum Cousin, der wieder einmal zwei Stück Kuchen aus der Küche stibitzt hat und damit im Schopf auf das Kind wartet. Danach spielen sie den ganzen Tag im Garten. Am Abend nimmt Nonna Assunta ein Taschentuch aus ihrer Schürze und wischt dem Kind den Staub von den Augen: »Du sollst stillhalten«, sagt sie.

Nonna Assunta spricht oft zur Madonnina, einer kleinen Jesusmutter aus Porzellan, die sie auf den Nachttisch gestellt hat. Sie küsst sie auf die Stirn und bittet sie, das Kind zu beschützen, weil es schwach und schmächtig ist. Es hat nie Appetit und ist oft krank. Wenn es einmal nicht husten muss, machen die pechschwarzen Haare sein Gesicht trotzdem bleich.

Um zehn Uhr bringt die Großmutter das Kind ins Bett. Sie setzt sich zu ihm und erzählt ihm die Geschichte der Lepre pazza. »Manina piazza, manina piazza, qui c'è passata una lepre pazza…«, flüstert sie, während sie mit dem Zeigefinger mehrmals über die Handfläche des Kindes gleitet. Dann tippt sie auf jeden einzelnen Finger, »questo l'ha vista, questo le ha sparato, questo l'ha cucinata«, und wenn der kleine Finger an der Reihe ist, kitzelt sie das Kind und sagt, es solle jetzt schlafen. Sie reicht ihm die Madonnina, damit es sie auch küssen kann. Aber das Kind kann trotzdem nicht einschlafen. Es wartet, bis die Treppe knarrt. Dann kommt Nonna Assunta nach oben und legt sich neben das Kind. Das Kind macht die Augen zu und spürt, wie Nonna Assunta es sorgenvoll betrachtet.

Am Sonntag trägt Nonna Assunta immer ein dunkles Kleid, weil dieser Wochentag ihrem verstorbenen Mann gewidmet ist. Sie stellt die Madonnina auf den Küchentisch. Im Sonnenlicht leuchtet das Gesicht, und erst dort kann man sehen, wie jung sie ist. Sie trägt ein blaues Kopftuch und darunter einen Schleier. Die Hände sind auf Brusthöhe gefaltet, und der Kopf neigt sich leicht zur Seite. »Heute ist auch für dich Sonntag«, sagt Nonna Assunta zur Madonnina, indem sie sich bekreuzigt und sie abermals um Schutz bittet.

Nonna Assunta hat Ripa nie verlassen. Sie ist noch nie Zug gefahren.

Ihre Tochter ruft sie aus dem Gastland an. Sie fragt nach dem Kind. Sie sagt, sie vermisse es. Nonna Assunta sagt, das andere Land sei ihr zu weit weg, es gebe dort Berge mit Schnee. Das sei kein Ort zum Leben.

5

In der ersten Zeit im Gastland kann der Vater höchstens neun Monate im Jahr bleiben, wenn die Arbeit ausgeht, sogar weniger. Er wohnt in der Baracke oder findet bei Bekannten Unterschlupf. Dann muss er wieder für drei Monate zurück in die Heimat. Solange die Mutter keine geregelte Arbeit hat, kann sie nur als Touristin ins Gastland mitkommen. Sie lacht, wenn sie das Wort Touristin ausspricht. »Wir leben eher wie Zigeuner«, meint sie.

In Ripa soll sich die Mutter dann im Haus behilflich zeigen. Sie tut es widerwillig und sagt, sie habe keine Jugend gehabt. Es gibt eine Mutter, die einmal viel hübscher war, und eine, die jetzt auf dem Bettrand sitzt und ins Leere starrt. Auf dem Foto, das in Nonna Assuntas Küche an der Wand hängt, sitzt die viel hübschere Mutter rittlings auf einer Vespa, trägt die schwarzen Haare hochgesteckt und lächelt. Der Blick, den sie in die Kamera wirft, verrät eine lang unterdrückte Sehnsucht, endlich ins Leben loszuziehen.

»Da war ich achtzehn«, sagt die Mutter dem Kind und nimmt das Foto ab.

Der Vater ist klein, aber stämmig. Die beginnende Glatze lässt ihn etwas älter erscheinen, als er ist. Er ist trotzdem ein schöner Mann und singt, dass einem warm ums Herz wird. Deswegen sei sie mit ihm ausgegangen, schwärmt die

Mutter, und habe von ihm das Kind bekommen. Mit Nonna Assuntas Unterstützung kauft er ein Stück Land von einem alten Bauern und will dort sein eigenes Haus bauen. Er muss sich die Maschinen ausleihen, einen Lastwagen mieten, Helfer anheuern, alles geht langsam voran. Abends und am Wochenende sitzt er die meiste Zeit in der Küche oder geht in die Bar, um mit den älteren Männern Karten zu spielen. Manchmal trinkt er zu viel Wein. Bevor er heimkehrt, muss er warten, bis er wieder gerade gehen kann, sonst springt ihm Nonna Assunta an den Hals. Er kann auch tageweise mit den anderen Männern auf die Baustelle gehen, aber er verdient fast nichts. Er sagt dann heimlich zur Mutter, das sei der Mühe nicht wert. Mit dem Kind weiß er nicht viel anzufangen. Das ist auch nicht nötig, denn Nonna Assunta hat das übernommen. Sie sagt, der Vater sei ein Faulenzer, ein Nichtsnutz. Der Vater traut sich nicht, die Stimme gegen Nonna Assunta zu erheben. Er sagt, im Gastland sei es schwierig, eine Arbeit für das ganze Jahr zu bekommen. Und er wiederholt, was die Mutter schon oft zu Nonna Assunta gesagt hat: »Die Familie darf man nicht mitnehmen.«

Die Mutter will das alles nicht mehr hören. Sie singt *Arrivederci Roma.* Dazu hat sie das erste Mal mit dem Vater getanzt. Er ist nie ein guter Tänzer gewesen, eher ein Pferd, aber er hat ihr zwischendurch immer wieder einen Kuss geraubt. Sie macht dann auch vor, wie er auf dem Nachhauseweg vor ihr niedergekniet ist und laut »Tutti mi chiedono, tutti mi vogliono, donne, ragazzi, vecchi, fanciulle …« gesungen hat. Anfangs lacht die Mutter, wenn sie sich daran erinnert, später nicht mehr.

Eigentlich heißt der Vater Alcindo. Al ist die Abkürzung. Er hat diesen ungewöhnlichen Namen von seinem Vater bekommen, dem Großvater. Den hat das Kind aber nie gekannt, weil der alte Mann schon vor seiner Geburt gestorben ist. Das Kind weiß nur, dass er so etwas wie ein Held war, ein Partisan, erklärt ihm Nonna Assunta, einer, der während des Krieges gegen die Deutschen gekämpft hat, die sich die Häuser rund um Ripa genommen hatten. Alle im Dorf hätten ihn gekannt und gefürchtet, erinnert sich Nonna Assunta. Nach dem Krieg arbeitete er mehrere Jahre im Ausland. Auch er kehrte jeweils im November nach Hause zurück und hatte drei Monate lang nichts zu tun. Er verbrachte die Abende in der Kneipe, trank zu viel Wein und verlangte, wenn er spät in der Nacht heimkam, dass die gesamte Familie zur Stelle war. Wenn nicht, geriet er in Rage und schmiss was ihm in die Hände kam aus dem Fenster, dass es das ganze Dorf sehen und hören konnte.

»Den Dickschädel hast du von ihm«, sagt Nonna Assunta zum Kind, und die Mutter sagt es auch, wenn das Kind nicht essen will und sich auf den Boden wirft und vor lauter Wut ins Stuhlbein beißt.

Der Großvater hatte diese Vorliebe für ausgefallene Namen. Neben Alcindo hatte er drei weitere Kinder: Olindo, Melinda und Clorinda. Das sind der Onkel und die beiden Tanten des Kindes. Olindo ist früh an Tuberkulose gestorben, Clorinda ist ins Kloster gegangen. Einzig Tante Melinda hat einen Beruf erlernt, sie ist Schneiderin und kommt im Leben allein zurecht.

Tante Melinda ist manchmal bei Nonna Assunta zu Besuch. Sie macht sich Sorgen. Sie sagt, das Kind sei bei Nonna Assunta gut aufgehoben, aber es brauche seine Eltern. Und wenn das Kind wieder einmal am Tischbein rüttelt und schreit: »Ich will nach draußen, ich will nach draußen«, schaut sie Nonna Assunta an und sagt: »Siehst du, das Kind hat doch etwas.« Mit der Zia versteht Tante Melinda sich nicht gut, und dem Zio sagt sie immer, er solle endlich den hässlichen Schnauz abrasieren. Der Cousin lacht dann und muss aufpassen, dass ihm der Vater nicht eines überzieht.

Nonna Assunta will nicht aufhören, mit dem Vater zu schimpfen. Sie sagt, die beiden sollen endlich heiraten und nach Ripa zurückkommen. Das sei kein richtiges Leben, ohne die Familie, in der Fremde. Der Vater wagt keine Widerrede. Er hebt das Kind hoch und trägt es auf dem Arm. Er erzählt ihm, wie er Muratore geworden ist. Er redet laut, damit Nonna Assunta ihn hören kann. In der ganzen Gegend habe es nie Aussicht auf ein besseres Leben gegeben. Deswegen sei er mit achtzehn aus dem Dorf weggegangen. Er habe in Frankreich, Deutschland und eine Zeit lang auch in Belgien geschuftet. Er stellt das Kind zurück auf den Boden und spielt ihm den Ball zu. Nonna Assunta sagt, sie wolle von alldem nichts hören. Der Vater schaut zu, wie das Kind mit seinen kurzen Beinen den Ball gegen die Wand tritt, und spricht einfach weiter. Am Anfang sei es im Gastland schwierig gewesen, eine Unterkunft zu finden, sagt der Vater. Von einem Haus zum anderen sei er gegangen, um ein Zimmer zu finden. Als sie hörten, dass er aus dem Süden komme, hätten sie immer »Nein, nein« gesagt. Er sagt dem Kind, es solle den Kopf schütteln und ebenfalls

Nein sagen. Das Kind springt auf den Stuhl und ruft: »Nein, nein, nein ...« Der Zio, der eben zur Tür hereinkommt, ist nicht zum Lachen aufgelegt. Er schenkt sich ein Glas Wein ein und trinkt, dass sein Schnauz nass wird.

Er habe dann doch etwas gefunden, sagt der Vater, aber mit fünf anderen im selben Zimmer schlafen müssen. Dort in der Fremde sei es im Herbst bereits kalt. Der Vater macht vor, wie in der Nacht seine Zähne geklappert haben. Das Klo war im Treppenhaus, und um sich zu waschen, musste er in eine öffentliche Dusche gehen. Das habe ihm nicht gefallen.

Nonna Assunta, die unterdessen stumm die Teller auf dem Arm stapelt und sie zum Küchenschrank trägt, wischt sich immer wieder mit der freien Hand über die Augen. Der Zio hat seinen Wein ausgetrunken und brummt vor sich hin. Der Cousin stürzt in die Küche, trinkt den letzten Tropfen aus dem Weinglas aus und macht sich aus dem Staub, bevor ihn der Schuh treffen kann, den der Zio ihm nachwirft. Das Kind trippelt mit dem Ball hinaus in den Korridor bis vor die offene Haustür und schießt ihn in den Garten.

6

Der Vater ruft in Ripa an und berichtet stolz, er habe die neue Anstellung bekommen. Nonna Assunta ruft dem Kind zu: »Komm, Papà ist am Telefon.«

Das Kind lässt sich nur ungern den Hörer geben, und Nonna Assunta muss es mit einem Arm auf ihrem Schoß festhalten, weil es einfach nicht still sitzen will. Der Vater verdankt die neue Arbeit Jakob Dühr, dem Padrone, wie ihn die Gastarbeiter nennen. Der ist im Winter, als der Boden gefroren war und seine Bagger und Kräne ruhen mussten, mit vorbereiteten Arbeitsverträgen in der Tasche in Ripa gewesen und hat den Vater und andere Arbeiter angeheuert. Nachdem er die nötigen Zulassungen bei der Fremdenpolizei besorgt hat, hat er den Vater nun als Maurer mit besonderen Aufgaben eingestellt. Er hat ihm sogar zu einem günstigen Preis eine Wohnung in seinem Mietshaus angeboten.

»Nächste Woche können wir einziehen«, sagt der Vater. »Ist das nicht eine gute Nachricht?«

Nonna Assunta sagt nichts, und das Kind ruft in den Hörer, es wolle mit der Mutter sprechen. »Die Mutter ist nicht da«, sagt der Vater. Sie könnten endlich die Baracke verlassen, Nonna Assunta solle sich doch mit ihnen freuen.

Einen Monat später bekommt Nonna Assunta den ersten Brief ihrer Tochter aus dem Gastland. Sie liest ihn dem

Kind vor, und für einmal bleibt es brav auf dem Stuhl sitzen. Es hört aufmerksam zu, was alles passiert ist, dass den Eltern ein paar Kollegen beim Umzug in die neue Wohnung geholfen hätten und der Vater als Erstes den Plattenspieler in der leeren Küche auf den Boden gestellt habe. Als endlich alle Möbel, die der Vater in der Brockenstube gekauft hat, in der Wohnung gewesen seien, seien noch ein paar andere Bekannte vorbeigekommen. Sie hätten zusammen kaltes Bier und Wein aus der Heimat getrunken. Der Vater habe *Con ventiquattromila baci,* die Lieblingsplatte der Mutter, aufgelegt. Zwei junge Leute hätten in einem atemberaubenden Rhythmus dazu getanzt. Der Bursche habe die Frau in die Luft gewirbelt. Die anderen hätten alle im Kreis darumgestanden und laut mitgesungen.

Das Kind klatscht in die Hände, und Nonna Assuntas Gesicht hellt sich auf. Die Mutter schreibt, sie habe trotz der Feststimmung die Tränen nicht zurückhalten können. Sie wünsche sich sehnlichst ihr Kind herbei. Al habe ihr versprochen, es werde alles nur für kurze Zeit sein. Sie bedankt sich bei Nonna Assunta. Sie schreibt, natürlich, das Kind sei bei ihr gut aufgehoben.

»Aber du bist nicht mehr die Jüngste«, fügt sie hinzu, »das Kind fällt dir sicher bald zur Last.«

Sie arbeite schwarz, als Aushilfe auf einem Bauernhof, helfe beim Kochen und putze das große Haus. Der Nebel mache sie traurig, und sie fürchte die Kälte. Am Schluss bittet sie Nonna Assunta, das Kind ganz fest zu umarmen.

Nonna Assunta kann das Kind nicht mehr umarmen, denn schon läuft es zum Cousin, der draußen aufs Velo steigt. Das Kind stellt sich mit beiden Füßen auf den Gepäckträger und umklammert den Hals des Cousins. Es darf bis zum Dorfplatz mitfahren.

Um Nonna Assunta anzurufen, müssen Vater und Mutter in die Telefonkabine gehen. Die Mutter spricht mit dem Kind, will es immer durch den Hörer küssen. Sie sagt, sie seien jetzt voller Zuversicht. Der Vater habe mit seiner neuen Anstellung wirklich Glück gehabt. Die anderen Arbeiter achteten ihn. Auf der Baustelle sei er immer gut gelaunt. Wenn er oben auf dem Gerüst stehe, singe er wie ein Tenor in der Oper mit weit geöffneten Armen »La donna è mobile, qual piuma al vento, muta d'accento e di pensier…«

Das Kind ruft durch den Hörer, der Vater solle das Lied jetzt auch singen. Der Vater lacht. Wenn er das Lied auf der Baustelle vorträgt, legen die Arbeiter Schaufel und Pickel nieder und hören ihm zu. Der Padrone hat nichts dagegen einzuwenden, sofern das Intermezzo nicht allzu lange dauert. Er mag den Vater. Er hat mit den Beamten der Fremdenpolizei gesprochen und erreicht, dass die Mutter etwas länger als eine Touristin im Gastland bleiben darf.

Ein zweiter Brief der Mutter trifft in Ripa ein. Die Eltern haben kurz entschlossen geheiratet. Nonna Assunta sei doch sicher glücklich darüber. Nach der Kirche habe es ein schlichtes Fest in der Baracke gegeben, weil die Wohnung noch nicht eingerichtet sei. Die anderen Gastarbeiter hätten für sie gekocht. In der Baracke sei es eng, und der festlich gedeckte Tisch habe unter einer Wäscheleine gestanden, die quer durch den Raum gespannt war. An beiden Enden hingen noch Kleider, darüber hätten sie lachen müssen. Zur Vorspeise habe es Coppa und Salame und danach Pasta mit Tomatensauce gegeben, die dank dem frischen Basilikum herrlich duftete. Die Kollegen hätten dem Vater auf die Schulter geklopft. Er habe immer wieder auf den Tisch steigen und eine Arie vortragen müssen.

Ab dann wird auch dieser Brief traurig. Der Mutter sei während des Fests plötzlich die Lust am Feiern vergangen, und schon wieder habe sie Tränen in den Augen gehabt. Al habe sich deswegen aufgeregt. Die Mutter will das Kind zu sich holen, aber Al habe gesagt, das sei nicht möglich. Die Mutter müsse erst eine feste Anstellung haben, er selber verdiene zu wenig. »So sind nun mal die Regeln.« Vor allem aber hätten sie dem Padrone nichts von dem Kind erzählt. Er würde wissen wollen, woher es auf einmal kommt. Er würde sich verschaukelt vorkommen. Und mit Sicherheit würde er Probleme bekommen mit der Fremdenpolizei. »Der Padrone will keine Probleme«, schreibt die Mutter, und am Schluss fügt sie wie im ersten Brief hinzu, Nonna Assunta solle das Kind fest umarmen.

Als die Eltern ein Telefon bekommen, ruft die Mutter zwei Mal die Woche an. Sie arbeitet neuerdings auf dem Feld. Der ätzende Geruch der Gülle sticht ihr in der Nase, und der ständige Nebel macht die Menschen traurig und schweigsam. Viele Landsleute vermissen ihre Familienangehörigen. Aber wenn sie nachkommen, wird es schwierig. Bei einer Frau, die sie kennt, haben die Männer der Fremdenpolizei mitten in der Nacht die Tür aufgestoßen, standen plötzlich in der Wohnung und riefen: »Los, los, euer Zug fährt bald!«

Sie haben die Kleider der Kinder in große Taschen gestopft. Sie hatten es sehr eilig und haben auch den Eltern die Koffer gepackt. Ein Beamter hat das ältere Kind festgehalten, damit es nicht wegrennen kann. Das jüngere Kind hat laut geweint. »Das könnte uns auch passieren«, sagt die Mutter.

Nonna Assunta seufzt nur, sie kann den ganzen Kummer für sich behalten.

Dann möchte die Mutter mit dem Kind sprechen.

»Es spielt draußen«, sagt Nonna Assunta, »ich erzähl ihm alles.«

Die Mutter kann nicht sehen, wie Nonna Assunta sich mit dem Handrücken den Schweiß von der Stirn wischt.

»Deine Mutter vermisst dich«, sagt Nonna Assunta am Abend. Sie ist so müde, dass sie nach einer Weile auf dem Stuhl einschläft. Vor ihr steht ein Glas mit Wein, in den sie immer Brotstreifen tunkt. Das halte sie gesund, hat sie dem Kind erklärt. Nonna Assunta ist eine bucklige und hagere Frau. Ihre Haare sind grau. Das Gesicht und die Hände sind von der Sonne gegerbt. Unter der Woche trägt sie immer dasselbe geblümte Kleid. Früher hatte sie einen Ehemann. Auch diesen Nonno hat das Kind nie gekannt. Er war kein Held wie der Indogroßvater, aber wohl ein liebenswürdiger Kerl.

»Ein richtiger Mann«, erinnert sich Nonna Assunta, »er war immer fröhlich, und er konnte Geige spielen.«

Wenn sie am Abend erschöpft ist, dann erzählt sie von ihm, um nicht am Tisch einzuschlafen.

»Sein Name war Eraldo, das weißt du doch!«

»Erzähl mir, wie er gestorben ist.«

»Ich habe es dir schon hundert Mal erzählt.«

Das Kind stemmt seine Arme in die Hüften. Ohne die Geschichte will es nicht einschlafen.

»Na schön«, sagt Nonna Assunta mit einem Lächeln im Gesicht. »Dein Großvater Eraldo arbeitete auf dem Feld, und eine Wespe hat ihn in den Hals gestochen. Sein Gesicht ist ganz blau geworden, er hat keine Luft mehr bekommen und ist umgefallen.« Das Kind lauscht gebannt Nonna Assuntas Stimme. Sie weint, weil sie nach dem Tod ihres Mannes ihre beiden Töchter allein großziehen musste.

Wenn sie eine Wespe sieht, sagt sie: »Die schickt der Teufel.« Das Kind stürzt dann nach draußen, um sie zu jagen. Als es einmal im Garten mit der hölzernen Fliegenklatsche den Wespen nachrennt, tritt es auf einen rostigen Nagel. Der Fuß schwillt an und wird rot. Nonna Assunta drückt den Eiter aus, setzt einen Topf Wasser auf und gibt Salz dazu. Sie hält den Fuß ins heiße Salzwasser. Dann reibt sie die Wunde mit Spirito ab, dem Alkohol, den sie in einem rosafarbenen Plastikfläschchen aufbewahrt. Das Kind weint nicht, und Nonna Assunta sagt: »Seht her, wie tapfer es ist!«

Den Spirito reibt Nonna Assunta auch auf die Brust des Kindes, wenn es wegen des Hustens nicht mehr atmen kann. Wenn die Lunge pfeift und das Kind blau wird im Gesicht. Dann ist das Bettlaken nass von Schweiß, und das Kind steht morgens auf, bleich und taumelnd, aber es röchelt nicht mehr. »Siehst du«, sagt Nonna Assunta, »der Spirito hat die Lunge frei gemacht!«

Freitags nimmt Nonna Assunta das Kind mit zum Abendgebet. Das Kind will vom Weihwasser trinken, aber Nonna Assunta sagt: »Das darfst du nicht, die Leute waschen sich die Finger darin.« Das Kind lehnt sich über das steinerne Weihwasserbecken und trinkt. Nonna Assunta packt es am Schopf, schüttelt es energisch und zischt, es solle das Wasser ausspucken. Das Kind presst die Lippen zusammen und schluckt das klebrige lauwarme Wasser herunter.

Und sonntags, wenn sie die Madonnina auf den Küchentisch gestellt hat, geht Nonna Assunta mit dem Kind auf den Friedhof. Sie nehmen sich stumm an die Hand. Sie zeigt ihm die Gräber und liest die Namen vor, die auf den Grabsteinen stehen. Einige Verwandte sind dort begraben. Nonno Eraldo hat kein Foto auf dem Grabstein. Nonna Assunta sagt, es gebe keins.

Es ist inzwischen Frühling geworden. Nonna Assunta wird ganz bleich im Gesicht, als sie erklärt: »Nächste Woche kommen deine Eltern und nehmen dich mit. Eigentlich ist das nicht erlaubt, aber deine Mutter will dich bei sich haben, das müssen wir verstehen.«

7

Jakob Dühr hat sich angekündigt, um mit dem Vater etwas zu besprechen. Die Eltern drängen das Kind in die Stanza in fondo, aber es wehrt sich, es will in der Küche bleiben, die Stiefel des Padrone sehen, und schlüpft unter die Kredenz. Der Vater und die Mutter gehen auf die Knie, legen die Wange auf den Boden, strecken die Hand nach dem Kind aus, greifen auch zum Besenstiel.

Es läutet an der Tür. Den Eltern fährt der Schreck in die Glieder. Sie richten sich wieder auf. Die Mutter geht öffnen. Das Kind hört, wie die Donnerstimme des Padrone im Korridor hallt, dann sieht es die grünen Stiefel, die auf den Boden stampfen. Jakob Dühr ist ein Bär von einem Mann. Bei jedem Schritt erzittert die Küchenkredenz, sodass Geschirr und Gläser klirren. Unter der Kredenz darf das Kind keinen Mucks machen. Dort muss es besonders lang die Luft anhalten und im Kopf die Schritte vorauszählen, die es bräuchte, um zu fliehen. Der Padrone habe Augen vorne und hinten, sagen die Eltern. Es entgehe ihm nichts. Er sei für seine Wutausbrüche bekannt. Auf der Baustelle könne er wegen nichts in Rage geraten und Ziegelsteine zertrümmern. Er spricht ein gebrochenes Italienisch, das hart und abschätzig herüberkommt. Wenn er gut gelaunt ist, scherzt er mit dem Vater, nennt ihn einen Mafioso und sagt grinsend, Al passe perfekt.

Die Mutter hält für den Padrone immer einen Teller Pasta bereit. Dühr greift zu, redet mit vollem Mund, und unter der

Kredenz schielt das Kind nach oben, direkt in den Rachen des Padrone, dorthin, wo die Zähne die Nudeln zermalmen.

Die Frauen der Gastarbeiter nennen den Padrone Zampanò, weil er sie an den groben Schausteller erinnert, den einige von ihnen im Kino gesehen haben. Er hat den gleichen finsteren Blick, den gleichen Brustumfang, der den Zampanò im Film die Eisenkette sprengen lässt.

Für Dühr gibt es nur das Geschäft. Deshalb zieht er seine Arbeitskleidung nicht einmal am Sonntag aus. Den Untergebenen gegenüber ist er gerecht, aber anspruchsvoll und schroff. Morgens stößt er die Tür der Baracke mit dem Fuß auf. Wenn er spricht, sind seine Brauen hochgezogen.

Manchmal erscheint Dühr auch in Begleitung seiner Frau Bernadette, einer im Vergleich zu ihm halben Portion, mit einem knochigen Gesicht und blond gefärbten Haaren. Anders als ihr Mann ist Bernadette immer elegant gekleidet. Sie ekelt sich ein wenig vor den heruntergekommenen Wohnungen, setzt sich aber gern zur Mutter an den Tisch. Bernadette ist immer in Plauderlaune. Obwohl die Mutter das meiste nicht versteht, hört sie der vornehm tuenden Frau geduldig zu.

Bernadette beklagt sich über ihren Mann. Sie sagt, er suche andere Frauen auf. Da sieht das Kind die Stiefel des Padrone in die Küche treten, und Bernadette wechselt auf Italienisch und gibt vor, mit der Mutter Kochrezepte auszutauschen.

Ist Dühr schlecht gelaunt, sagt er kurz Berna zu seiner Frau, ist er gut aufgelegt, nennt er sie schmeichelhaft Dette, Chérie.

Die Dührs haben einen Sohn, Felix, der auch manchmal mit dabei ist. Er muss den Padrone schon auf die Baustellen begleiten. Das Kind kann Felix' Sandalen und die braunen Wollsocken sehen. Felix wartet in geduckter Stellung auf die Anweisungen seines Vaters, deutet Bewegungen nur an, um ja nichts Falsches zu tun. Vergebens. Der Padrone verpasst ihm ohne jegliche Vorwarnung eine schallende Ohrfeige und schickt ein lautes Schimpfen hinterher. Das Geschirr in der Kredenz scheppert noch lauter als sonst, und das Kind hält sich die Ohren zu. Besonders schlimm ist es, wenn Dühr seinen Sohn am Nacken greift und ihn hinunterdrückt. Das Kind blickt in Felix' Gesicht. Er hat Tränen in den Augen und sieht von unten rachsüchtig zum Vater auf. Nur so würde der Bengel etwas lernen, meint Dühr protzig. Je mehr ihn sein Vater in die Enge treibt, desto heftiger ringt Felix nach Worten.

»Antworte, antworte!«, schreit ihn Dühr an.

»I..i..iii … ich … we … weiß … ni …«, quält sich Felix von Silbe zu Silbe, bis die unausweichliche Ohrfeige ihn ganz zum Schweigen bringt.

Sobald es nichts mehr hört, kann das Kind endlich unter der Kredenz hervorkriechen. Es wartet, bis die Dunkelheit alles still macht. Um die Nacht in ihrer ganzen Länge auszumessen, braucht es unzählige Schritte, die das Kind nicht schnell genug gehen kann. Überall lauern die Wölfe. Das Kind kann ihnen nur entkommen, wenn es sich ins Boot legt, das in seinem Kopf übers Wasser gleitet. Aber irgendwann verirrt sich das Boot im Nebel, denn ein böser Traum macht das Kind blind und taub.

Wenn der Padrone für einmal seine Sorgen vergesse, könne er ganz gesellig sein, erzählt der Vater. Es komme vor, dass er in der Baracke verweile, einen Stumpen rauche und mit den Arbeitern Scopa spiele. Er habe auch schon versucht, ihnen das Jassen beizubringen, aber das Spiel liege ihnen nicht, und Dühr schmeiße meistens die Karten auf den Boden und sage, sie seien alle blöd wie die Hühner. »Verdammt noch mal«, haue er dann mit der Faust auf den Tisch, »stellt euch nicht so an, arbeiten muss jeder, ihr könnt froh sein, dass ihr bei mir untergekommen seid. Mir ist auch nichts in den Schoß gefallen!« Die Gastarbeiter wagten keine Widerrede und seien auch nicht nachtragend. Am Schluss sei Dühr fast immer stockbesoffen. Die Mutter lacht, wenn der Vater den betrunkenen Padrone nachahmt. Das sei alles andere als lustig, meint der Vater.

8

Auf dem Foto steht das Kind mit heiterer Miene dicht bei der Großmutter. Der Cousin lehnt lässig am Zaun. Die Zia hält eine Harke in der Hand. Die Mutter kniet in der Mitte, mit ernstem, nach innen gerichtetem Blick. Der Zio fehlt auf dem Bild. Im Hintergrund sieht man das kleine Haus, durch das man ganz hindurchrennen kann, denn es hat zwei Türen, eine auf die Straße, eine nach hinten, direkt zum großen Garten hin, der in die dahinterliegenden Felder übergeht und im Frühling verschwenderisch blüht. Zwischen Garten und Kornfeld liegt ein staubiger Acker, auf dem die Kinder von Ripa unter der gleißenden Sonne Fußball spielen. Selten haben sie einen richtigen Ball, meist behelfen sie sich mit einer Dose und manchmal sogar mit einem Stein. Als Tore dienen ein paar auf den Boden gelegte Leibchen. Wenn der Cousin nicht dabei ist, lassen die anderen Kinder das Kind aus dem Gastland nicht mitspielen. Sie sagen, es könne nicht richtig rennen, es mache seltsame Bewegungen und müsse jeden Schritt zählen.

Nonna Assunta sagt zum Kind, es solle nicht auf die bösen Buben hören. Das Kind erhebt die Faust. Nonna Assunta umarmt es.

In Nonna Assuntas Garten hängt die Wäsche an langen Leinen. Das Kind spielt dort Verstecken, und Nonna Assunta muss es suchen und so tun, als würde sie es nicht finden. Vor dem Zubettgehen bringt sie ihm eine Tasse warme Milch, in der eine Knoblauchzehe schwimmt. Die Großmutter behauptet, das halte die Krankheiten fern. Für das Kind ist die Milch eine Qual, weil sich auf der Oberfläche eine Haut bildet, die auf der Zunge klebt und sich schleimig anfühlt. Nonna Assunta sagt, die Madonnina würde die ganze Nacht weinen, falls das Kind die Milch nicht trinke. Es muss mit einem Trick Nonna Assunta dazu bringen, den Kopf zur Seite zu drehen, um blitzschnell mit dem Zeigefinger die Milchhaut von der Zunge wegzuschaben. Bevor sie wieder aufsteht, bekreuzigt sich Nonna Assunta vor der Madonnina. Sie hat immer viele Gedanken im Kopf. Sie würde vielleicht gerne einmal vor dem Haus sitzen und ihren beiden Enkelkindern beim Spielen zusehen, aber die Zeit reicht ihr nie dafür.

Das Kind liegt nun allein in seinem Bett. Während es sich wälzt und den Kopf in das Kissen wühlt, schielt es immer wieder zur Madonnina, die stumm, aber Zuversicht ausstrahlend an ihrem Platz auf dem Nachttisch steht. Leise zu ihr flüsternd, wartet das Kind, bis sich Nonna Assunta zu ihm legt. Es darf ohne Angst einschlafen, denn in Ripa sorgt die Madonnina dafür, dass es sich in den Träumen nicht verirrt.

»Du zählst also die Schritte?«, fragt Nonna Assunta das Kind.

Das Kind sagt, sie solle die Augen schließen, und führt sie an der Hand durch den oberen Stock, indem es laut die Schritte zählt. Auch nachts zählt es die Schritte wenn Nonna Assunta, bevor sie die Tür mit dem Riegel schließt, einmal ums Haus herumgeht. Es horcht und zählt.

Um die Mittagszeit hockt sich das Kind in die Sonne und lauscht regungslos dem Wind und dem Zirpen der Grillen. Nonna Assunta wirft regelmäßig einen Blick aus dem Fenster. Plötzlich, wie einem Ruf folgend, springt das Kind auf und huscht hinters Haus. Nonna Assunta sagt, das Kind sei wie eine Eidechse. Die Eidechse schleiche mit offenen Sinnen durch die Gegend, fange alles ein, was sie umgebe, bleibe kurz wie erstarrt stehen und schlüpfe, wenn Gefahr drohe, blitzartig in ein Loch. Genau so sei das Kind. Sie gibt ihm den Spitznamen Lucertola.

Nonna Assunta kann in sein Inneres sehen, in seinem Kopf reden.

Und je öfter auch die Familie und die Leute in Ripa Lucertola zu dem Kind sagen, desto mehr verbringt es seine Zeit damit, den Eidechsen aufzulauern und sie zu beobachten. Es wartet geduldig vor einer Ritze in der Mauer, bis es einen kleinen Kopf, aufmerksame Augen und eine flinke Zunge sieht. Es betrachtet den geschuppten Hals, wie er sich mit dem Pulsschlag bläht und wieder senkt, es lässt die Eidechse ganz aus ihrem Loch hervorkriechen, wartet auf den richtigen Moment, um nach dem Tier zu greifen, aber die Eidechse ist immer schneller als die Hand des Kindes und verschwindet wie der Blitz in eine andere Ritze.

Im Herbst kommt in Ripa ein sandiger Wind auf, vor dem sich Nonna Assunta fürchtet, weil er dem Kind die Lunge zuschnürt und den schleimigen Husten herbeiführt. Sie hebt beide Hände in die Höhe und ruft dem Kind zu, es solle ins Haus kommen. Sie flüstert der Mutter zu, sie habe ein geplagtes Kind. Ob sie gemerkt habe, wie merkwürdig es sich bewege. Die anderen Kinder machten eine runde Kurve, wenn sie um die Ecke gingen, das Kind einen rechten Winkel, damit es jeden einzelnen Schritt zählen könne. Nonna Assunta sieht Dinge, die andere nicht sehen.

9

In der Wohnung kann das Kind nur so tun, als würde es mit dem Ball spielen, denn dort darf kein Ball sein. Viele andere Dinge, die es draußen gibt, können in der Wohnung nicht sein. Deshalb muss man ihm das Draußen erzählen, wie es auf der Baustelle aussieht, wie hoch ein Kran ist, in welchem Geschäft die Mutter die neuen Schuhe gekauft hat, woher das Brot kommt, das der Vater abends nach Hause bringt.

Und das Kind will wissen, wie Nonna Assunta als junge Frau aussah, wie es damals in Ripa war, als die Mutter zur Schule ging. Die Mutter muss ihm auch immer wieder von seiner Geburt erzählen.

Als die Wehen einsetzten, hing sie gerade die Wäsche auf. Der Zio war mit der Vespa unterwegs, niemand konnte sie ins Spital bringen. Die Wehen waren so stark, dass die Mutter sich gar nicht mehr bewegen konnte. Sie habe das Kind allein aus sich herausgepresst, am ersten August 1956, auf dem Stallboden.

»So ist es«, hat Nonna Assunta später immer wieder gesagt, »das Kind wurde schon als zähe Lucertola geboren.«

Die Mutter kann den langen Tag nicht immer ausreichend mit Geschichten füllen, und es ist ein einziges Warten, bis der Vater wieder zu Hause ist. Wenn er abends endlich zur Tür hereinkommt, ist er aber so müde, dass er noch vor dem Essen auf dem Sofa liegt und mit offenem Mund schnarcht. Die Mutter ist oft am Abend nicht da, weil sie neuerdings Büros reinigen geht. Dann schaut der Vater nach der Baustelle kurz vorbei. Drei Mal klopfen bedeutet, dass das Kind nicht im Korridor sein darf und in der Stanza in fondo verschwinden soll. Der Vater gibt dem Kind etwas zu essen und geht wieder weg. Das Kind wartet, Stunde um Stunde, bis spät in den Abend hinein.

Im Bett hört das Kind Geräusche, ein Rascheln, ein Surren, ein Klopfen. »Das ist nur die Heizung«, ruft die Mutter, wenn sie zurück ist, »schlaf jetzt!«

Das Kind hat gelernt, dass die Nacht mehr als tausend Schritte lang ist. Es kann sie unmöglich alle zählen, denn auf jeden fünfzigsten Schritt folgt ein Albtraum. Immer dieselben hässlichen Gestalten finden den Weg zum Kind, allen voran die Wölfe, deren grässliches Heulen nach dem Erwachen noch lange in den Ohren dröhnt. Die Mutter ruft noch einmal: »Schlaf jetzt!«, aber das Kind sitzt aufrecht im Bett. Es stützt den Kopf auf die Hände, die Augen fallen ihm zu, der Schlaf darf nicht kommen. Das Kind steht auf und streckt sich auf zwei zusammengeschobenen Stühlen aus. Es wartet, der Rücken schmerzt. Es geht noch einmal bis vor seine Zimmertür. Es streckt kurz den Kopf in den langen Korridor heraus, um Luft zu schnappen. Es bleibt dort stehen, ein Bein draußen, eins drinnen.

Das Kind kann in der Wohnung auch im Dunkeln die Schritte zählen. Alle Zimmer gehen rechts und links vom Korridor ab. Rechts neben dem Eingang ist die Küche, auf derselben Seite das Zimmer des Eidechsenkindes und das Klo, neben dem eine winzige Abstellkammer eingebaut ist.

Auf der anderen Seite ist das Schlafzimmer der Eltern und zuhinterst die Wohnstube, die Stanza in fondo, dort steht der alte sechsbeinige Versteckschrank.

Der Schrank hat drei Türen, eine auf der Frontseite und zwei links und rechts an den beiden abgerundeten Enden. Am mittleren Türflügel ist innen ein Spiegel angebracht. Das Kind betrachtet sich darin. Es zieht Grimassen, züngelt wie die Eidechse, macht ruckartige Kopfbewegungen. Hinter der Tür links sind vier Tablare, da passt das Kind nicht hinein. In den mittleren Teil aber kann es sich hineinlegen, sich in die hinterste Ecke verkriechen. Und rechts kann es zwischen den aufgehängten Kleidern stehen und sich um die eigene Achse drehen. Durch die Ritzen kann es ins Zimmer spähen. Die Mutter muss das Kind abends aus dem Schrank herausholen und ins Bett bringen. Sie legt sich nicht zu ihm, wie Nonna Assunta es tut, weil der Vater sagt, das Kind sei schon zu alt für solche Sachen.

Wenn der Tag anbricht, bleibt es trotzdem dunkel. Im Gastland ist der Herbst meistens regnerisch. Wenn zwischendurch einmal die Sonne scheint, stellen die Gastarbeiterfrauen Stühle in den Innenhof. Der Hausmeister sagt, das sei nicht erlaubt.

10

Mit dem Hausbau in Ripa geht es schleppend voran. Der Vater kann nicht alles allein machen. Jedes Mal, bevor er ins Gastland zurückmuss, erklärt er dem Zio und den anderen Helfern, was zu tun ist. Er stellt dazu noch einen älteren Maurer aus Ripa ein und überträgt ihm die Aufgabe, die Arbeiten vor Ort voranzutreiben. Der erweist sich aber ziemlich bald als unzuverlässig. Der Zio behauptet, der Alte habe gepfuscht, und er lasse sich nicht von ihm an der Nase herumführen. Und niemand will wissen, wohin die zehn Säcke Beton und die Mischmaschine, die der Vater in der Garage aufgestellt hat, gekommen sind. Der Streit ist entfacht, und der Vater ist wieder auf sich allein gestellt.

Wenigstens in der Wohnung müsse es gemütlich sein und nicht so kalt, sagt die Mutter. Wenn sich darauf der Vater wegen der dunklen, zugigen Zimmer beklagt, sagt Dühr: »He, Bandito, nicht reklamieren!« Das sei früher immerhin mal ein Herrschaftshaus gewesen. Er habe ihm die beste Wohnung gegeben. Ob er nicht zufrieden sei? Ob er lieber in die Baracke zurückwolle?

Bevor es Zentralheizung gibt, zündet der Vater den Ölofen an, und die Mutter muss mit alten Zeitungen die Ölflecken vom Boden aufsaugen, was nichts daran ändert, dass der

Geruch von Heizöl in der Nase bleibt, das Kind riecht ihn sogar im Schrank.

In einer Ecke in der Küche gibt es eine rudimentäre Dusche. Nach der Arbeit stellt sich der Vater unter das Wasser und geht nackt durch den Raum, während die Mutter den Teig knetet. Die Fußspuren bleiben eine Zeit lang auf dem Boden haften. Das Kind läuft ihnen nach. Für einen Schritt des Vaters braucht das Kind zwei. Kaum hat es die Abdrücke gezählt, dreht es fünf Runden um den Tisch herum, springt auf die Holzbank, auf der eine beige Samtdecke ausgebreitet ist, und kriecht unter die Kredenz.

Der Vater hat sich ins Handtuch eingewickelt und geht zum Plattenspieler. Das Kind beobachtet den Würfel am Ende des Plattenspielerarms, in dem die Nadel steckt, es beobachtet die Hand des Vaters, die den Plattenspielerarm auf die Platte legt, und wie die Nadel die Rille berührt.

Oft kommt es vor, dass das Kind unter der Kredenz einschläft. Die Mutter klopft ein paar Mal aufs Holz, damit das Kind aufwacht und hervorkommt. Es ist dann ganz verstört, reibt sich die Augen und kann nicht still stehen. Es dreht die Wände entlang streifend eine Runde durch die Wohnung, dann verkriecht es sich in die Abstellkammer. Dort sind die Ritzen viel schmaler als im Schrank, und die Luft geht dem Kind schneller aus.

Auch wenn es kompliziert und riskant ist, geht die Mutter gelegentlich bei Einbruch der Dunkelheit mit dem Kind auf die Straße. Wenn sie jemand trifft und dem Gespräch nicht ausweichen kann, erzählt sie, das Kind wäre der Sohn einer Bekannten oder ein Neffe, der zu Besuch ist.

»Du gibst einfach keine Antwort, wenn die Männer der Polizei uns anhalten«, sagt die Mutter zum Kind. »Im Notfall sagst du einen anderen Namen, ein anderes Geburtsdatum und eine andere Adresse. Aber am besten schaust du einfach zu Boden und sagst gar nichts. Du darfst dir nicht in die Augen blicken lassen!«

Einmal nehmen die Mutter und das Kind den Zug, um Bekannte nahe der Stadt zu besuchen. Das Kind sitzt neben der Mutter. Sie hustet, weil ihr die kalte Luft immer etwas zusetzt. Ein älterer Herr im Abteil schaut sie grimmig an und sagt etwas in schimpfendem Ton. Die Mutter hat Angst, es könnte mit dem Kind zu tun haben. Sie versteht nur »cinc…, cinc…«. Die Augen der Mutter schimmern, die Stimme wird ganz leise. Sie schaut abwechselnd zu Boden oder zur Seite, während sie die Hand des Eidechsenkindes hält. Sie machen ihre Geheimzeichen mit den Fingern, einmal lang und zwei Mal kurz drücken.

Wenn die Mutter mit dem Kind vor die Tür geht, überfällt sie oft die Angst. Am Bahnhof oder auf der breiten Straße, die zur Altstadt führt, kreuzen sie manchmal einen Polizisten. Dann drückt die Mutter die Hand des Kindes drei Mal so fest, dass es ihm wehtut. Und wenn einmal das Blaulicht eines Polizeiautos ertönt, beim Einkaufen, beim Spazierengehen oder beim Wäscheaufhängen, treibt es ihr den Angstschweiß ins Gesicht.

In den unbeschwerten Momenten der endlosen Nachmittage, wenn das Hausmeisterehepaar nicht im Haus ist und der Plattenspieler laut aufgedreht ist, lacht die Mutter und drückt ihre Nase gegen die des Kindes. Dann tanzen sie. Die Mutter stellt das Kind auf den Küchentisch, es springt in ihre Arme und sie tanzen weiter. Das Kind holt einen Trichter aus der Schublade und singt da hindurch. Die Mutter muss sich setzen und krümmt sich vor Lachen. Die Unbeschwertheit ist immer von kurzer Dauer. Schon dreht die Mutter den Plattenspieler leiser und flüstert: »Pssst, pssst, es ist genug!«

Wenn es ruhig sein muss, flüstert das Kind: »Erzähl mir, wie es damals in Ripa war.« Also erzählt die Mutter, wie sie als siebzehnjähriges Mädchen einmal mit einem Verehrer Vespa gefahren ist. Kaum sei sie aufgestiegen, sauste der junge Mann los, dass sie vor Schreck laut aufgeschrien habe. Um nicht herunterzufallen, habe sie ihre Arme fest um seinen Bauch schlingen müssen. Er wollte sie noch lauter schreien hören und sei deshalb im Zickzack von einer Straßenseite zur anderen gefahren, dass sie fast hingefallen seien. Er habe ihr etwas über die Schulter gerufen, das sie aber nicht verstand, vielleicht einen Heiratsantrag, wer weiß. Er fuhr wieder geradeaus, und sie seien nur so dahingeflogen, und sie musste seinen Bauch noch fester umklammern und ihre Wange an seinen Rücken pressen. So sei dieser Wahnsinnige bis vors Haus gefahren, wo Nonna Assunta stand. Der junge Mann sei von der Vespa abgestiegen, habe sich vorgestellt, Nonna Assunta sogar die Hand gereicht und sei wieder abgebraust. Den hätte sie heiraten sollen, sagt die Mutter mit verträumten Augen, dann wäre sie bestimmt nicht in dieser dunklen Wohnung gelandet und hätte weniger Sorgen.

In seinem Zimmer presst das Kind ein Ohr gegen die Wand, die es von der Küche trennt. Es hört, wie die Eltern streiten, und am Sonntag, wenn die Arbeitskollegen zu Besuch kommen, hört es, wie sie beim Kartenspielen mit den Ellbogen auf die Tischplatte schlagen.

Es gibt eine Küche mit der Mutter, die mit Bernadette oder Carlos' Mutter plaudert, und eine, in der die Mutter einsam am Tisch sitzt. Und je nachdem, welche Küche es ist, muss das Kind die Schritte anders zählen. Null Schritte sind es, wenn der Padrone breitbeinig zwischen Stuhl und Tisch steht und auf den Kaffee wartet. Er pfeift ein Lied, indem er mit dem rechten Fuß den Takt schlägt. Null Schritte, weil sich das Kind unter der Kredenz nicht bewegen darf, weil die Mutter am Herd klebt und der Vater den Stuhl nicht an den Tisch heranrückt. Nachdem die Mutter die Kaffeekanne auf den Tisch gestellt hat, sagt der Padrone, er müsste eigentlich den Mietzins anheben, aber er tue es nicht. Der Vater sagt: »Danke. Jakob, vielen Dank, Jakob.«

Dühr weiß, was er am Vater hat. Nicht nur auf der Baustelle ist er unentbehrlich, sondern auch im Wohnhaus, denn er kann schräg hängende Fensterläden wieder gerade richten, quietschende Türen leise machen, er kann mit dem Spachtel Risse an den Wänden zuschmieren, er kann zersprungene Scheiben auswechseln und Kühlschränke reparieren. Der Hausmeister holt ihn für Arbeiten zu Hilfe, von denen er keine Ahnung hat, und die Mitbewohner kommen zu ihm, wenn etwas nicht funktioniert, der Staubsauger, der Föhn, das Velo, und der Vater macht, dass das Ding wieder läuft.

Das Kind ist jetzt groß genug, um allein zum Fenster rauszuschauen, wenn es sich auf die Zehenspitzen stellt und am Fenstersims festhält. Von der Stanza in fondo aus sieht es zum Innenhof, von der Küche auf die Gasse hinunter. Es sieht immer nur einen Teil der Welt. Von den Mietern, die aus dem Haus gehen, sieht es den Kopf. Vom Versteck aus unter der Kredenz sieht es Beine. Von Bernadette sieht es auch den Schirm, der in den Küchenboden sticht. Und wenn das Kind im Spiel kopfsteht, fällt das Licht von unten auf die Gesichter der Eltern.

Ein Kassettenrekorder ist zum Plattenspieler hinzugekommen. Auf einer der vielen Kassetten steht *Sapore di mare.* Auf dem Umschlag ist eine Frau in gelbem Bikini abgebildet, die lachend am Strand sitzt. Im Hintergrund sieht man das weiß schäumende Meer. Die Mutter blickt aufs Meer, der Vater mustert die Frau im Bikini. Mit einer weiten Handbewegung zeichnet das Kind den breiten Horizont des Meeres nach, macht vor, wie es im Boot sitzt, das in seinem Kopf über die Wellen segelt.

Am Morgen steht das Kind in der Küche, noch bevor der Vater zur Arbeit aufbricht. Die Mutter setzt Kaffee auf. Das Kind schlingt sein Morgenessen in sich hinein. Die Mutter versucht, ihm über die Haare zu streichen. Das Kind weicht aus, und sie sieht zu, wie es in sein Zimmer flüchtet und die Tür zumacht.

11

Irgendwann hat das Kind drinnen die Schritte ausgezählt. Die Sprünge nimmt es blind, einen kurzen bis aufs Bett, einen halben bis hinter den Vorhang, einen flachen unter die Kredenz, den schnellen Kletterssprung in den Schrank in der Stanza in fondo. Es hat aber noch ganz viele Schritte in den Beinen, die es loswerden muss. Das Ohr an die Wohnungstür gepresst, hat es sich bereits eine Vorstellung vom Treppenhaus gemacht. Es hat stundenlang auf die Tritte gehorcht, auf das Gelächter und das Stimmengewirr. Nun weiß es, wann die Arbeiter zu den Baustellen oder zur Frühschicht in die Fabrik gehen, wann der Hausmeister und seine Frau auf Kontrolltour sind. Es kann sagen, welche Kinder auf dem Treppenabsatz spielen, ob eine Haustür offen steht.

Bisher ist das Kind immer nur in Begleitung der Mutter auf Zehenspitzen aus der Wohnung hinausgehuscht. Als es sich erstmals allein ins kühle Dunkel des Treppenhauses wagt, schlagen ihm die übliche drückende Feuchtigkeit und der Geruch von heißem Klebstoff entgegen, die es aber jetzt viel stärker wahrnimmt. Die Hand des Eidechsenkindes gleitet über den abgegriffenen Handlauf, seine Augen zählen die Stäbe des Geländers, und der Fuß streift über die glänzenden Messingstäbe. Auch jetzt geht das Kind auf Zehenspitzen, um das Knarren abzudämpfen. Ständig hält es nach möglichen Fluchtwegen Ausschau. Jetzt kann es die eigenen Tritte zählen: zwölf von einem Treppenabsatz zum anderen, es nimmt zwei Stufen auf einmal, wenn es aufwärts-, vier, wenn es abwärtsgeht. Sobald es hört, dass jemand kommt, muss das Kind drei Mal so schnell sein. Auf dem dritten Treppenabsatz steht eine große Truhe, in die es bei drohender Gefahr hineinsteigen kann. Im Erdgeschoss, vor der Eingangstür, steht ein stählerner Abfallcontainer, der als weiteres Versteck dienen kann. Am anderen Ende des Flurs führt schließlich eine Tür in einen Abstellraum unter der Treppe. Es ist der sicherste Rückzugsort, weil es dort drin stockfinster ist. Durch eine Ritze spähend, verfolgt das Kind die Schatten, die über die Wände huschen. Es passt die heimkehrenden Hausbewohner ab und folgt ihnen in sicherem Abstand, bis sie hinter ihrer Wohnungstür verschwinden. Von Mal zu Mal merkt es sich die Stimmen und Geräusche. Es erkennt im Dunkeln die schmale Silhouette des Hausmeisters, den langen Schatten, der der Hausmeisterin vorangeht, und den schweren Tritt von Carlos' Mutter. Das Kind sieht mit dem Ohr, es kann jede Bewegung wahrnehmen, jede Atmung, jedes Husten und jede Stimme dem richtigen Hausbewohner zuordnen.

Von nun an wechselt das Kind jeden Tag von der Wohnung ins Treppenhaus, ohne dass die Eltern etwas davon merken. Es gibt vier Stockwerke mit acht Wohnungen. Jeweils zwei Wohnungstüren liegen sich auf dem Treppenabsatz gegenüber. Dazu das Erdgeschoss, wo es nur eine Wohnung gibt, die größte von allen, in der das Hauswartehepaar residiert. Auf seinen Streifzügen kann das Kind durch die offenen Türen einen hastigen Blick ins Innere der Wohnungen werfen. Dabei strömen ihm neue Gerüche und

Stimmen entgegen, die es im Kopf zu einem Ganzen zusammenfügen muss.

Drei andere Familien stammen aus Ländern im Süden, darunter die von Carlos und seiner Mutter. In einer Wohnung hat Dühr einige seiner Arbeiter untergebracht. Weiter leben zwei alleinstehende Männer und eine einheimische Familie im Haus, die sich wie die Gastarbeiter keine hohe Monatsmiete leisten können. Das Kind wohnt zuoberst. Es gibt immer wieder Wechsel. Wer kann, sucht sich etwas Besseres. Manche hingegen, zum Beispiel Carlos' Mutter, finden sich gut zurecht und bleiben.

Die Ausflüge des Kindes ins Treppenhaus müssen frühmorgens, zur Mittagszeit oder spätabends stattfinden, denn tagsüber herrscht dort ein buntes Treiben. Die Türen der südländischen Familien stehen über Stunden offen, die Hausfrauen tauschen Lebensmittel aus, hören sich gegenseitig ihre Sorgen an und bringen den Klatsch auf den neusten Stand. Kinder aus dem Haus und aus der Nachbarschaft rennen und lärmen wild umher. Es wird geflucht, gestritten und mit einem Händedruck wieder Frieden geschlossen. Die Mutter des Kindes trifft immer wieder eine andere Frau, mit der sie reden kann. Meistens ist es aber Carlos' Mutter, die an einer der Wohnungstüren um Mehl und um Mitleid für ihren dicken Sohn bittet. Die Mutter fragt, wie es ihr gehe, und Carlos' Mutter erzählt. Am Schluss gibt ihr die Mutter etwas oder sie bekommt etwas. Es ist wie in Ripa. Nonna Assunta hat von allem zu wenig, aber auch dort kommt immer wieder eine Nachbarin, die etwas braucht, und Nonna Assunta gibt es ihr.

12

Die Frauen im Haus klagen über ihre Männer, aber gleichzeitig sind sie um sie besorgt, weil die Arbeit auf der Baustelle gefährlich ist.

Einmal bringen drei Kollegen den Vater, der sich verletzt hat, nach Hause. Sie wollen ihn aufs Bett legen, aber der Vater stöhnt, er könne unmöglich liegen. Sie kommen in die Küche, und die Mutter zieht einen Stuhl vom Tisch. Die Arbeitskollegen helfen dem Vater, sich hinzusetzen. Sein Gesicht ist verzerrt, er sagt, der Schmerz sitze in der Schulter, er könne den Arm keinen Millimeter heben, und sogar das Atmen falle ihm schwer. Andere Hausbewohner kommen hoch und wollen sehen, wie es dem Vater geht. Das Kind liegt unter der Kredenz. In der Küche herrscht ein großes Durcheinander, alle wollen helfen. Carlos' Mutter steht auch plötzlich da. Sie sagt ganz aufgeregt, sie habe eine Salbe, die Wunder wirke. Der Hausmeister läutet an der Tür. Er schaut sich den Vater an und meint, es sei etwas Ernstes. Also bringen die Arbeitskollegen den Vater zum Arzt.

Als sie zurückkommen, ist das Kind immer noch unter der Kredenz. Und dort will es bleiben, selbst wenn jetzt nur noch Landsleute in der Küche sind, die in der Zwischenzeit Bescheid wissen. Die Männer erklären der Mutter, der Arzt habe gesagt, das Schlüsselbein sei gebrochen. Sie setzen den vom Schmerz gelähmten Vater auf einen Stuhl, verabschieden sich dann aber, um möglichst rasch auf die Baustelle zurückzukehren. Kurz darauf erscheint Dühr. Der Vater schläft im Sitzen, starr wie eine Statue. Der Padrone will genau wissen, was auf der Baustelle vorgefallen ist. Wenn es nur das Schlüsselbein sei, meint er, sei es weiter nicht schlimm. Wann denn der Vater, dieser Bandito von einem Mafioso, wieder arbeiten könne? Wer denn nun auf der Baustelle die Leitung übernehme? Man sei ohnehin schon in Verzug. Der Padrone wird immer lauter, und der Vater sagt, er solle sich keine Sorgen machen, er werde bald wieder einsatzfähig sein. Aber Dühr will sich nicht beruhigen, und als er aus der Wohnung geht, wirft er die Tür mit solcher Wucht ins Schloss, dass in der Kredenz drei Gläser zerspringen.

Eine Woche lang kommt Dühr zwei Mal täglich vorbei, um sich mit dem Vater zu besprechen. Wenn der Padrone zu aufgebracht ist, kann er keinen klaren Gedanken fassen. Der Vater muss ihm genau erklären, was auf der Baustelle zu tun ist. Dühr will jedes Mal sehen, wie hoch der Vater nun den Arm heben kann. Dann ist er schon wieder weg. Das Kind schleicht dem Padrone bis ins Treppenhaus nach, bis zur Haustür wagt es sich aber nicht.

Wenn die Haustür offen steht, dringt die Außenwelt zum Kind. Es versucht, alles Unbekannte, das ins Haus weht, zu deuten, die Stimmen der auf der Gasse spielenden Kinder, das Surren der vorbeifahrenden Velos, die Schritte der Menschen, die Autos, die unter den Fenstern abgestellt werden, das Bellen eines Hundes. Das Kind würde am liebsten stundenlang vor der offenen Eingangstür stehen, denn alles, was draußen klingt und lärmt, übertönt das

Heulen der Wölfe, macht ihnen Angst, sodass sie nicht aus ihren Schlupfwinkeln hervorspringen und sich auf das Kind werfen können.

In der Gasse herrscht während der Woche zu bestimmten Zeiten Geschäftigkeit, sonntags ist es hingegen meistens ruhig. Je nach Wind dringt morgens von der Bäckerei auf der anderen Straßenseite der Geruch von Mehl und Gebäck bis ins Treppenhaus. Bei Regen und an Wintertagen spielen Kinderhorden im Flur. Ihr durchdringendes Geschrei ist bis in die oberen Wohnungen zu hören. Sind viele Kinder da, wagt sich das Kind auch außerhalb der günstigen Zeiten aus der Wohnung und gesellt sich im Spiel für kurze Momente unbemerkt dazu. Es schielt zur offenen Haustür und verspürt den Drang, sich ins Draußen zu wagen. Mit den Augen kann es bewusst wegsehen, weghören ist hingegen unmöglich. Und die ganze Welt ruft nach dem Kind.

Um zehn Uhr kommt der Postbote vorbei. Das Kind bleibt vor der Wand mit den Brief- und Milchkästen stehen. Es zieht die Werbekataloge heraus und bringt sie in sein Zimmer. Dort schneidet es die Bilder aus, die ihm besonders gut gefallen, ordnet sie nach Sujet und legt sie in eine leere Schuhschachtel.

»Mir kriecht die Feuchtigkeit in die Knochen«, beklagt sich die Mutter, wenn der Vater von der Arbeit heimkehrt, »und alles ist so düster.« Der Vater streicht die Wände weiß, den Korridor und die Küchenkredenz, er streicht alles neu. Dühr hat es erlaubt, er hat sogar die Farbe bezahlt. Aber das reicht nicht, die Mutter aufzuheitern. Immer noch ist draußen der Nebel so dicht, dass sie den Kopf weit aus dem offenen Fenster der Stanza in fondo strecken muss, um in den Innenhof zu sehen.

Das Kind will auch hinaussehen. Es zupft am Kleid der Mutter. Sie sagt: »Lass mich jetzt, geh zu Papà!« Aber das Kind lässt sich nicht abschütteln. Es weint und will in seinem hilflosen Zorn an der Mutter hochklettern. Sie stößt es weg. Das Kind trommelt mit den Fäusten auf den Fußboden, es bekommt Krämpfe und beißt sich die Zunge blutig. Die Mutter ruft verzweifelt »Al, Al!«

Der Vater legt schnell in der Küche die Platte der französischen Sängerin auf und dreht die Lautstärke hoch. Das *rrrr, ...non, rrrien de rrrien, non, je ne rrregrrrette rrrien...* rollt durch den Korridor bis zum Kind und kitzelt es in der Bauchhöhle, sodass sich der Krampf allmählich löst. Das Kind geht langsam durch den Korridor. *...la vie en rrrrose... des mots d'amourrrrr...* Es kniet sich erschöpft auf den Küchenboden und lauscht der Musik.

Um den neuen Plattenspieler anzustellen, muss man erst den blauen Koffer aufklappen, der auf einem Schemel neben der Küchenkredenz steht. Am Boden stapeln sich Schallplatten. Sie gehören dem Vater, einige der Mutter. »Willst du noch einmal?«, fragt der Vater leise. Das Kind nickt. Der Vater setzt den Tonarm auf die Rille. Das Kind horcht auf das Knistern, bevor die Musik einsetzt, auf das Schrammen und das Rauschen, weil auf der Platte zu viel Staub liegt, und dann kommt das *rrrrr* und das Kind schließt die Augen.

13

Vor Alfons und Rosi Beeri, dem Hausmeisterehepaar, muss sich das Kind besonders in Acht nehmen. Die beiden kennen jeden Winkel im Haus und besitzen einen Generalschlüssel, mit dem sie sich überallhin Zutritt verschaffen können. Ihre Wohnung ist knapp sechs Schritte von der Eingangstür im Erdgeschoss entfernt. Wer hinausgeht oder hereinkommt, muss an ihrer Tür vorbei, aus der es so stark nach Putzmittel riecht, dass es einem schwindlig werden kann. Zwei weiße Turnschuhe stehen davor, auf den Millimeter genau aneinandergepaart, und an der Tür hängt jede Woche ein frischer Blumenkranz. Wenn im Eingangskorridor wieder einmal Erdkrumen von den Schuhen der Bauarbeiter liegen, schlägt Beeri die Hände über dem Kopf zusammen und jammert: »Diese Tschinggen bringen mich noch um!«

Alfons und Rosi Beeri erstellen Jakob Dühr wöchentlich Rapport. Sie beklagen sich, dass niemand die Hausordnung beachtet, die sie an das Anschlagbrett im Erdgeschoss angeheftet haben. Der Padrone schüttelt den Kopf und schnaubt: »Dann müsst ihr ihnen eben die Regeln erklären!«

Rosi Beeri behauptet, die Mieter schleppten Keime ins Haus. Sie habe sehr wohl ein Herz für ihre Not, aber es gehe hier um die Gesundheit. Ihr Mann müsse nach dem Betreten der Wohnung schließlich auch die Hände waschen, selbst Bananen reinigten sie vor dem Schälen, weil die aus einem schwarzen Land kämen.

Alfons Beeri, klein gewachsen, schmächtig, etwas buckelig und mit einem ziegennasigen Gesicht, hat eine piepsende, fast weibliche Stimme. Er trägt immer einen Kamm bei sich, weil ihm die Haare an den Seiten seiner Halbglatze hochstehen. Regelmäßig fährt er sich damit über den Kopf. Es hilft aber nichts. Irgendwann muss er die störrischen Haare mit etwas Spucke zähmen. Wenn ihm etwas missfällt, und das kommt mehrmals täglich vor, zieht er das Kinn hoch und verschränkt die Arme.

Steht sie neben ihrem Ehemann, wirkt Rosi Beeri mit ihren männlichen Zügen und Schuhgröße vierundvierzig wie eine Riesin. Wenn sie zu einem spricht, zeigt ihr Gesicht keine Gemütsregung. Die Gastarbeiterfamilien nennen sie wegen ihres Befehlstons La Capitana.

Mit Alfons Beeri kann man unter Umständen diskutieren, bei der Capitana gibts keine Widerrede. Alle Kinder, auch jene, die aus der Nachbarschaft zum Spielen kommen und sonst vor nichts zurückschrecken, fürchten sich vor ihr. »Verboten« ist eines der ersten Wörter, das dem versteckten Kind im Treppenhaus zu Ohren kommt. Man darf weder herumrennen noch laut sprechen. Es ist verboten, Velos vor der Eingangstür abzustellen und auf dem Treppengeländer runterzurutschen. Im Innenhof herumliegende Fußbälle bleiben ausnahmslos beschlagnahmt, und wer abends nach neunzehn Uhr die Eingangstür nicht mit dem Schlüssel schließt, wird dem Padrone gemeldet.

Alfons Beeri drückt drei Mal fest auf die Klingel. Drinnen geht das Kind sofort in Deckung und späht durch den Türspalt aus der Stanza in fondo in den Korridor. Die Mutter öffnet. Beeri steht, das Kinn wieder einmal ganz oben, in der Wohnungstür und hält der Mutter eine Kinderunterhose vor die Nase. Die sei in der Waschküche liegen geblieben, sagt er. Normalerweise schäumt die Mutter die wenige Wäsche des Kindes im Lavabo von Hand mit Kernseife ein. Die Mutter erklärt dem Hausmeister, die Waschmaschine einer Bekannten sei kaputt und sie habe für sie die Wäsche besorgt.

Gegenüber Herrn Beeri nimmt die Mutter immer dieselbe übertrieben unterwürfige Haltung ein und wird auf einmal ungeschickt im Ausredenfinden. Sie weiß, dass sich das Kind trotz des Verbots bereits den Flur entlang bis hinter die Eingangstür herangepirscht hat. Beeri sagt, es sei nicht erlaubt, die Waschmaschine für fremde Wäsche zu benutzen. Er müsse Rapport erstellen. Als er endlich geht und die Mutter die Tür schließt, schimpft sie mit dem Kind. Sie habe ihm schon tausend Mal gesagt, es müsse im hintersten Zimmer versteckt bleiben, wenn es an der Tür läute.

Rosi Beeri meint spöttisch, im Haus spuke es. Anders könne man sich gewisse Vorkommnisse nicht erklären. Sie macht Herrn Dühr Andeutungen, und mehr als einmal benachrichtigt sie die Polizei.

Einmal kommen tatsächlich zwei Männer der Fremdenpolizei vorbei. Sie unterhalten sich zuerst eine ganze Weile mit dem Hausmeisterehepaar. Dann läuten sie bei den Eltern des Kindes. Die Mutter hat das wenige Spielzeug, die kleinen Autos, die das Kind beim Spielen fest in der Hand hält, die Bauklötze, das Spielgewehr und den Stoffball, in einer Kiste im Klo versteckt. Die zwei Beamten treten ein. Sie sind unfreundlich, stellen viele Fragen. Die Eltern müssen ihre Papiere vorweisen. Einer der beiden wiederholt genervt die Fragen, weil die Eltern nicht alles verstehen. Der andere spaziert durch die Wohnung und inspiziert die Zimmer. Die Mutter will ihm nachgehen, aber derjenige, der die vielen Fragen stellt, hält sie mit strenger Stimme zurück. Wo der Rest der Familie sei, ob sie Kinder hätten, will er wissen. Nein, keine Kinder, sagt der Vater.

Das Kind hat sich im Schrank, hinter den Kleidern kauernd, unsichtbar gemacht. Es späht durch die Ritzen und sieht in den Korridor. Es beobachtet den Beamten, der auf die Stanza in fondo zukommt, den flatternden Mantel, es hört die Schritte, die laute Stimme des anderen in der Küche. Das Kind zittert nicht. Es atmet unmerklich durch die Nase und hört die Herzschläge in den Ohren dröhnen. Es zählt flüsternd, wie viele Schritte es hört, bis die Beamten die Wohnung verlassen. Dann steigt es aus dem Schrank.

Kaum sind sie weg, läutet Alfons Beeri an der Tür. Der Vater geht öffnen und lässt ihn zu rasch eintreten. Die Mutter schafft es mit dem Kind gerade noch ins Klo. Als das Kind Beeris Stimme hört, zuckt es zusammen. Der ganze Körper wird steif. Das Kind muss pinkeln, aber es geht nicht. Beeri streitet sich mit dem Vater in der Küche. Der Vater droht, ihm eine runterzuhauen. Er sagt: »Pass auf, Alfons, pass auf!« Die Mutter steht mit dem Kind vor der Kloschüssel, aber es geht nicht. Die Mutter wispert: »Schhh ...schhh ... schhh ...«, und das Kind weint leise vor Schmerzen. Die Mutter öffnet den Wasserhahn und zischelt wieder: »Schhh ... schhh ... schhh ....«

14

Rosi und Alfons Beeri haben einen kleinen schwarzen Pudel. Niemand geht durch die Haustür, ohne von ihm angebellt zu werden. Wenn er nicht an der Leine ist, folgt er den Mietern bis vor ihre Wohnungstür. Zuzubeißen traut er sich aber nicht. Trotzdem bleibt ihm so mancher Fußtritt nicht erspart. Alfons Beeri schreit immer Kuschdohära. Sein richtiger Name ist Blacky. Die Beeris würden gerne einen Wachhund aus ihm machen, aber Blacky ist dafür zu verängstigt. Je mehr sie mit ihm schimpfen, desto verstörter wird das Tier. Immerhin kann der Pudel das versteckte Kind riechen, was ihn dazu veranlasst, tagelang seine Fährte zu verfolgen. Aber das Kind ist immer eine Nasenlänge voraus. Wenn das Kind und der Hund im Treppenhaus trotzdem aufeinandertreffen, muss das Kind ihm nur einen Schuh zuwerfen und »Prendi!« rufen. Kuschdohära stürzt sich auf den Schuh vor seinen Pfoten, und wenn er den Kopf wieder hebt, ist das Kind bereits verschwunden.

Die anderen Kinder im Treppenhaus ködern Kuschdohära mit einem Stück Fleisch und binden ihm eine Schnur mit Blechbüchsen an den Schwanz. Das Tier dreht sich wild im Kreis, will sich die Büchsen vom Leibe beißen. Das Kind hört den höllischen Lärm und jauchzt und rennt wild in der Wohnung umher. Auch die Kinder unten lachen, was Kuschdohära noch mehr in den Wahnsinn treibt. Die Haustüren öffnen sich. Die Mieter treten heraus, um sich das Schauspiel nicht entgehen zu lassen. Das ganze Treppenhaus lacht. Irgendwann gelingt es der Capitana, mit ihren langen Beinen einen Fuß auf die Schnur zu setzen. Die Kinder sind alle wieder verschwunden.

»Die Capitana ist eine böse Frau«, sagt die Mutter zum Kind, »und wie alle bösen Frauen hat sie eine tiefe Stimme. Und sie raucht, das gehört sich nicht.«

Der Zigarettenrauch dringt bis in die oberen Wohnungen. Mitten in der Nacht wird das Kind deswegen wach, zieht sich an und geht auf Zehenspitzen den Korridor entlang Richtung Eingangstür. Die Eltern atmen leise und ahnungslos in ihrem Bett. Das Kind hört, wie die Capitana durchs Treppenhaus streift, weil sie ein verdächtiges Geräusch vernommen hat. Sie schaltet das Licht ein. Ein nadeldünner Lichtstrahl fällt durch den Türspion in den Korridor. Das Kind wartet, bis das Licht ausgeht. In der Nacht hat es keine Angst mehr. Es geht leise aus der Wohnung. Es ist schon lange im Blindgehen geübt. Es tappt Schritt für Schritt die Treppe hinunter. In der Dunkelheit gelangt es, wohin es will, und die Capitana sieht es nicht.

Um das Kind ruhig zu halten, kauft der Vater einen Fernseher. Vor dem Apparat, den er in der Stanza in fondo auf ein Tischchen stellt, kann das Kind einen ganzen Film lang das Schrittezählen vergessen. Die Mutter sitzt dicht bei ihm. Sie weint anders als sonst, und sie bewegt ihre Lippen wie in einem stillen Gebet, wenn am Schluss des Films jemand stirbt oder die Liebenden, nachdem sie sich gestritten oder wiedergefunden haben, sich leidenschaftlich küssen. Das Kind übt sich hingegen im stummen Lachen, wenn der Dicke und der Dünne miteinander streiten oder wenn der kleine Mann mit dem Schnauz und dem Stock zum zwanzigsten Mal versucht, die Treppe hochzugehen, und wieder hinunterfällt. Und wenn derselbe kleine Mann auf dem Zirkusgelände im Löwenkäfig eingeschlossen bleibt, steht das Kind bockstill auf dem Sofa mit starren, auf die Mattscheibe gerichteten Augen, den Atem anhaltend, um den schlafenden Löwen ja nicht zu wecken, der den kleinen Mann mit einem Bissen verschlingen würde. Wenn der Vater im blauen Trainingsanzug mit auf dem Sofa sitzt, kann das Kind auch lachen, weil sein Lachen in dem der Eltern untergeht.

Es hat vom Vater ein Spielzeuggewehr geschenkt bekommen, damit es auf die Mattscheibe zielen kann. »Pim, pum…«, flüstert das Kind, indem es das rechte Auge zukneift, um besser zielen zu können. »Pim, pum, paf, all' attacco, zack…« Es begleitet, stumm auf dem Sattel eines gescheckten Pferdes sitzend, die Indianer auf ihren wilden Abenteuern durch die Prärie. Sobald die Bleichgesichter angreifen, geht das Kind hinter dem Sofa in Deckung. Die Indianer heißen Comanches oder Sioux. Die Cowboys kämpfen nicht nur gegen die Indianer, sondern auch gegeneinander. Sie stehen sich auf der staubigen Straße vor dem Saloon breitbeinig gegenüber, blinzeln mit den Augen und warten, bis der andere die Pistole zieht. Dieses Warten kann manchmal eine ganze Weile dauern. »A noi due«, denkt das Kind und wartet mit. Einer greift dann blitzschnell zur Waffe, der andere fällt um, manchmal fallen auch beide um, und wenn das Kind ebenfalls umfällt, liegen sie zu dritt im Staub.

Die Mutter stellt dem Kind ein Glas Milch hin, um es zu beruhigen, aber es will nichts trinken. Die Milch steht den ganzen Abend lang auf dem Tisch, bis oben eine dicke Haut schwimmt. Das Kind muss an Nonna Assunta denken. Aber dann küssen sich mitten im Film auf einmal die Liebenden, und das Kind grinst zu den Eltern schielend, bis sie verlegen die Augen senken.

Am liebsten sind dem Kind aber Lassie, ein viel schlauerer Hund als Kuschdohära, und Zorro, der schwarz maskierte Held, der von den Dächern auf den Sattel seines Rappen springt. Die Mutter näht dem Kind eine schwarze Maske und kauft ihm einen Säbel aus Plastik, mit dem es durch die Luft wirbelt und mit dessen Spitze es auf dem Bildschirm seine Gegner touchiert.

Samstags um dreizehn Uhr kommt die Sendung für die Gastarbeiter. Sie dauert genau eine Stunde. Die Eltern lassen sie sich nicht entgehen, aber das Kind findet die Sendung langweilig und klettert auf dem Sofa herum, über den Kopf des Vaters und dann der Mutter, bis der Vater genug hat und ihm eine runterhaut.

Spätabends werden die Filme ausgestrahlt, die Angst machen, wie der vom bleichen Grafen mit den spitzigen Eckzähnen, der in der Nacht in den Hals schlafender junger Frauen beißt. Das Kind greift sich ein Kissen und versteckt sich dahinter, bis der bleiche Graf wieder in seinen Sarg steigt und den Deckel zumacht.

Um Mitternacht hat der Fernsehkasten alles, was in ihm drinsteckt, ausgespuckt. Irgendwann erscheint ein buntes Bild mit Pfeifton, dann kommt Rauschen. Das bedeutet, dass der Fernsehkasten schnarcht. Das Kind darf noch eine

Weile auf dem Sofa liegen, bis es so tief schläft, dass die bösen Träume es nicht finden können.

Wenn nichts Spannendes im Fernsehen ist und der Nebel hartnäckig an den Fensterscheiben klebt, vertreibt sich der Vater die Zeit mit Kreuzworträtseln. Mutter, Vater und Kind sitzen dann gemeinsam am Tisch. Die Mutter näht oder sie klebt Etiketten auf die Glasflaschen mit der selbst gemachten Tomatensauce. Das Kind hört zu, wie der Vater die Lösung sucht und die Buchstaben und Wörter laut ausspricht. Wenn das Kind einmal die Antwort sagt, die Buchstaben in die Kästchen passen und das richtige Wort bilden, lächelt der Vater zufrieden. Er staunt, was das Kind schon alles weiß. Beim Lauschen durch die Wände und Ritzen hat es so manches aufgeschnappt und kann auch Wörter in der hiesigen Sprache.

Mit den Kreuzworträtseln kommt das Kind nun allmählich hinter das Geheimnis der Buchstaben. Abend für Abend lernt es, sie einzeln auszusprechen und zu schreiben. Zuweilen suchen Vater und Kind so gedankenvertieft nach dem richtigen Wort, dass man nur das Rascheln des Papiers hört. Es ist eine Stille, die für einmal nicht schwer in der Küche liegt. Die Mutter blickt auf die Hand des Kindes, die noch unbeholfen den Bleistift hält, und es wird ihr leichter ums Herz.

15

Weil Nonna Assunta schwer krank ist, müssen die Eltern Hals über Kopf nach Ripa fahren. Sie sagen dem Kind, es könne nicht mitkommen, es müsse allein in der Wohnung auf sie warten. Sie kämen sicher in drei Tagen zurück. Carlos' Mutter sei schon am nächsten Abend wieder da und werde nach dem Kind sehen. Die Eltern könnten im Auto eines Landsmanns mitfahren, mit dem Gepäck sei kein Platz für vier. Und die Kontrollen an der Grenze seien streng.

Die Mutter zittert, während sie dem Kind erklärt, wie es sich zu verhalten habe. Es dürfe keinen Laut machen. Es solle auf Zehenspitzen gehen, auf Zehenspitzen durch den Korridor, auf Zehnspitzen in die Küche, es dürfe das Telefon niemals abnehmen, beim Spülen der Toilette müsse es den Deckel zuklappen, es solle nicht duschen, die Vorhänge zugezogen lassen, nie aus den Fenstern schauen und schon gar nicht die Fenster öffnen, geschweige denn die Tür, und ja keine Schallplatte auflegen, und fernsehen dürfe es nur bei abgedrehter Lautstärke. Das Kind hört weg und geht in die Hocke.

»Nonna Assunta adesso muore?«

Sein Brustkorb hebt und senkt sich immer schneller.

»Es sind nur ein paar Tage«, weint die Mutter.

Sie hat in aller Eile dem Kind etwas zum Essen vorgekocht und tiefgekühlt. Vor der Abreise küsst und umarmt sie es stürmisch. Sie wiederholt, was es alles nicht tun darf.

Sie sagt nochmals, Carlos' Mutter sei bald da. Der Vater fügt hinzu, es sei doch jetzt schon groß.

Das Kind ist allein. Es wartet. Es sitzt in einer Ecke seines Zimmers, umklammert seine Knie, beißt die Zähne zusammen. Es kriecht unter die Bettdecke und versucht schluchzend, die trüben Gedanken zu bannen. Ein hastiger Atemzug folgt dem anderen. Eine Zeit lang ist Nonna Assuntas Stimme in seinem Kopf, aber dann nicht mehr, die Wölfe heulen zu laut. Das Kind kann nicht schlafen. Es liegt trotzdem die ganze Zeit im Bett, zieht sich die Decke über den Kopf und lässt nur eine Öffnung für Nase und Mund. Es weint sich die Augen trocken. Es isst nicht, es trinkt aus der Flasche, das Wasser rinnt ihm über das Kinn und den Hals unter das Hemd auf die Brust. Der Durst bleibt. Die Zunge klebt am Gaumen. Das Kind flüstert ins Kissen hinein. Der Rücken wird kalt, das Herz schlägt bis zum Hals hinauf. Es ist so still, dass das Kind das Rauschen in den Ohren hört. Es horcht in sich hinein, aber Nonna Assuntas Stimme kommt nicht mehr. Und wenn es einmal für kurze Zeit schläft, findet es im Traum auch sein Boot nicht mehr, nur eine große Leere, aber es sucht weiter, denn es will den Mast aufrichten und die Segel setzen.

Als dann die Eltern mitten in der Nacht heimkehren, klopfen sie wie gewohnt drei Mal, bevor sie die Tür öffnen und in die dunkle Wohnung eintreten. Sie rufen leise das Kind beim Namen. Das Kind gibt keine Antwort. Die Eltern schauen in allen Zimmern nach, im Klo und in der Abstellkammer, sie finden es nirgends. Das Kind hört, wie der

Vater zurück ins Treppenhaus geht, wie die Mutter hastig, aber leise die Wohnung durchsucht. Die Mutter flüstert ins Treppenhaus: »Soll ich zu Carlos' Mutter gehen?« »Nein«, sagt der Vater, »es ist viel zu spät, sie sind vielleicht noch gar nicht zurück.«

Nach einer Weile setzen sich Vater und Mutter erschöpft an den Küchentisch. Da stellt sich das Kind einen Augenblick lang in den Türrahmen. Bevor die Eltern aufspringen, macht das Kind die Küchentür zu, schließt sie mit dem Schlüssel ab und rennt weg. Der Vater muss möglichst leise das Türglas aufbrechen und mit der Hand den Schlüssel von außen umdrehen. Beide Eltern stürmen in den Korridor, suchen überall, können das Kind aber wieder nicht finden.

Auf dem Schrank der Stanza in fondo hat das Kind die gestapelten Kartonschachteln etwas nach vorn geschoben und sich dahinter eingenistet. Sich dünn zu machen, den Körper erstarren zu lassen, den Atem fast auf null herunterzusetzen, das hat es jetzt alles schon gelernt.

»Ich bin wie die Lucertola«, denkt sich das Kind, »sie finden mich nicht!«

16

Nonna Assunta lebt nicht mehr. Die Eltern haben es dem Eidechsenkind erklärt. Sein Gesicht ist weiß geworden, die Lippen blau. Es hat begonnen, in der Küche hin- und herzugehen und die Schritte laut zu zählen: »Eins, zwei, eins, zwei, drei …«

Nonna Assunta ist früher einmal fast gestorben. Als das Kind fünf war. Das Eidechsenkind erinnert sich an den Geruch des Kampfers, den ihre Bettwäsche verströmte. Es gab viel Besuch, Bekannte und Verwandte. Abends saß der Dorfpfarrer eine ganze Stunde mit gefalteten Händen am Bettrand der Nonna. Im Nebenzimmer sagten die Frauen den Rosenkranz auf. Sechsundsiebzig war eigentlich noch kein Alter, aber Nonna Assunta wollte nicht mehr. Sie hatte sich plötzlich schwach gefühlt, ihre Beine trugen sie nicht mehr, aber sie hatte sich geweigert, am Stock zu gehen. Man hatte sie ins Bett gezwungen, und sie war in einen tiefen Schlaf gefallen. Das Kind durfte das Zimmer nicht betreten. Das Sterben war eine geheime Sache. Selbst der sonst so mutige Cousin hatte Angst davor, was mit der Großmutter in dem dunklen Zimmer geschah. Das Kind hingegen fürchtete sich schon damals nicht vor der Dunkelheit.

Es wartet, bis die Erwachsenen aus dem Zimmer sind. Die Tür steht einen Spalt offen. Das Kind tritt ein. Es nähert sich dem Bettrand und sieht Nonna Assunta an. Sie liegt reglos da, zugedeckt bis zum Kinn. Die Madonnina auf dem Nachttisch hat ein Lächeln im Gesicht. Nonna Assuntas Augen sind geschlossen, die Wangen eingefallen, und die Backenknochen stechen aus ihrem Gesicht hervor. Sie atmet schwer. Das Kind setzt sich und legt seine Hand auf ihre Stirn. Kurz darauf öffnet Nonna Assunta die Augen, schaut das Kind an und donnert: »Porca miseria, was tue ich da im Bett um diese Zeit?«

Nonna Assunta hat ihr ganzes Leben lang nur gearbeitet. Die Mutter hat wohl von ihr die Einstellung geerbt, das Leben sei nichts als eine mühsame Angelegenheit. Also will Nonna Assunta jetzt aufstehen. Sie sagt dem Kind: »Reich mir die Madonnina, siehst du, wie sie uns beschützt!« Die Zia eilt herbei, gefolgt vom Cousin. Auch der Zio steht plötzlich im Zimmer. Er verpasst seinem Sohn eine Ohrfeige, weil er in dem Zimmer nichts zu suchen habe. Das Kind steht dicht bei der Madonnina. Nonna Assunta sitzt schon mit geradem Rücken auf der Bettkante. Man muss ihr aufhelfen. Sie verlangt eine Hühnerbouillon. Eine Stunde später steht sie im Stall und melkt die Ziegen. Alle wollen wissen, was das Kind ihr gesagt hat. Die Zia behauptet, es sei ein Wunder geschehen. Der Dorfpfarrer befragt das Kind, bekommt aber keine Antwort. Er verlässt die Hände verwerfend das Haus.

Als sie wieder allein sind mit der Madonnina, erzählt Nonna Assunta dem Kind, sie habe mit sechs anderen Todgeweihten vor den Toren des Jenseits gestanden, aber sie sei als Einzige zurückgeschickt worden, weil sie auf das Kind aufpassen müsse.

Jetzt aber lebt Nonna Assunta wirklich nicht mehr. Die Eltern sagen, diesmal gebe es kein Zurück. Das Eidechsenkind legt den Kopf in seine Hände. Seine verschatteten Augen drehen im Kreis. Es hat so starke Magenkrämpfe, dass es weder stehen noch sitzen kann. Es kann auch nicht reden. Es starrt die Dinge nur an, den Tisch, die Möbel, es riecht an den Gegenständen, es zählt die Schritte im Kopf nach, »fünfzehn, sechzehn ...«, bis es aufgibt. Dann drückt es sich mit dem Kopf zur Wand hinter den Schrank. Dicke schwarze Käfer kriechen aus einem Riss. Sie krabbeln am Eidechsenkind vorbei. Es folgt den Käfern bis unters Bett, immer nach der Stimme horchend, die es im Kopf nicht mehr findet.

»Lucertola«, von der Stimme, die nur noch in der Erinnerung lebt, kommt jetzt die wilde Kraft, die aus dem Kind eine Eidechse gemacht hat.

17

»Die Wölfe, sie kommen nicht mehr«, flüstert das Eidechsenkind. Es zupft am Rock seiner Mutter, springt an ihr hoch, scharrt mit den Füßen, bis sie sagt: »Lass mich!«

Das Eidechsenkind richtet sich immer neue Verstecke ein, und es vergehen Stunden, bis die Eltern es finden. Es kann sich wie ein anschleichender Indianer lautlos und ohne Spuren zu hinterlassen durch die Zimmer bewegen. Es stellt sich hinter Vorhänge, hüllt sich in Decken ein, kriecht unters Bett, rollt seinen Körper in Teppiche ein, schlüpft in den Wäschekorb und deckt sich mit der Wäsche zu, steigt in den Schrank zu den Kleidungsstücken. Manchmal bleibt es so lange zwischen den Kleidern und Mänteln, bis kein Licht mehr durch die Ritzen dringt. Die Mutter geht alle Verstecke durch, aber es gibt immer eines, das sie noch nicht kennt.

Das Eidechsenkind lebt jetzt in seiner eigenen Welt, die weder im Draußen noch im Drinnen ist. Es kann sich unsichtbar machen und träumt sich ins Boot, das in seinem Kopf bereitsteht. Manchmal ist das Wasser schwarz, das Eidechsenkind nimmt einen Stock und tastet nach dem Grund. Es ist zu tief. Es richtet sich auf und schaut, ob es eine Furt finden kann. Aber da ragen überall Pflanzen mit Dornen aus dem Wasser, Dornen mit Widerhaken, die man nur schwer aus dem Fleisch herausbekommt. Wenn das Kind aus dem

Boot fällt, kann es sich über Wasser halten, auch wenn das Wasser tiefer ist, als das Kind groß ist. In der Strommitte kommt ihm ein großer Fisch entgegen. Das Eidechsenkind erschrickt, es weiß nicht, ob der Fisch beißt.

»Was erzählst du da nur«, weint die Mutter.

Am Nachmittag breitet die Mutter eine Wolldecke und ein Leintuch über den Küchentisch, nimmt ein Wäschestück nach dem anderen aus dem Korb, bügelt es, faltet es und legt es auf die Bank. Dabei singt sie hundert Mal dasselbe Lied, »non ho l'età, non ho l'età, per uscire sola con te ...«

Sie denkt an Nonna Assunta.

»Weißt du noch, wie sie das Brot geschnitten hat?«, sagt sie zum Kind.

Das Eidechsenkind nickt. In Ripa bekam es dicke, in Olivenöl getränkte Brotscheiben. Nonna Assunta drückte den Laib an ihre Brust und schnitt lange Scheiben davon ab. Sie streute Salz und Pfeffer drauf und sagte zum Kind: »Iss, das macht dich stark!«

»Oder wie wir in Ripa Wasser trinken? Erinnerst du dich noch an die große Kanne mit der Schöpfkelle?«, träumt die Mutter weiter.

Wenn die Mutter zu viel weint, hat sie ganz verquollene Augen. Sie schläft dann aus Erschöpfung ein. Das Eidechsenkind legt sich ganz dicht zu ihr, bis es ihren Atem spüren kann.

Die Mutter weint, weil das Kind wie eine Eidechse von einer Ecke in die andere kriecht. Sie sieht die Schürfungen und die blauen Flecken an den Armen und Beinen. Der

Vater sagt: »Schluss mit der Heulerei, das nützt nichts. Das Kind ist vielleicht krank.«

»Es ist nicht krank«, schreit die Mutter, »wir können so nicht leben.«

»Sie werden sagen, wir sind Verbrecher, wir hätten das Kind versteckt«, schreit der Vater. Dann, etwas sanfter, zum Kind: »Du musst brav sein, ich muss nur noch etwas mehr Geld verdienen, damit ich mir ein paar Maschinen kaufen kann, und dann mache ich mir in Ripa meine eigene Baufirma. Wir wohnen in unserem eigenen Haus, und ich bin in Ripa wie der Padrone, und Mamma muss nicht mehr arbeiten. Vielleicht können wir dich nach Ripa schicken, auch wenn Nonna Assunta nicht mehr da ist.« Er will das Kind in den Arm nehmen, aber das Eidechsenkind schreit laut auf, dass es den Eltern bange wird.

Wenn die Eltern bei der Arbeit sind und es im Haus ruhig ist, schleicht sich das Eidechsenkind aus der Wohnung, steigt in die Waschküche, in den Keller, bis dorthin, wo kein Licht mehr ist und das Abflussrohr der Toiletten ins Abwassernetz geht. Es tastet sich mit kleinen Schritten vor und nistet sich in Ecken und Winkeln ein, beim Abfallcontainer vor der Eingangstür, hinter Wänden und Türen oder im Abstellraum unter der Treppe, und lauscht den Geräuschen und Stimmen. Es kann den Atem mehr als eine Minute lang anhalten, bei Kälte und Hitze die Tränen niederkämpfen, ein bis zwei Tage ohne Wasser und Nahrung auskommen.

Es kennt jetzt fast das ganze Wohnhaus. Vom Treppenabsatz des vierten Stockwerks, kaum fünf Schritte von der eigenen Wohnungstür entfernt, führt eine steile Holztreppe in den dunklen Dachboden, wo es viele verwinkelte Räume und zwei Dachkammern gibt, die früher von Bediensteten bewohnt waren. Kein anderer Ort im Haus ist so verlassen wie der Dachboden. Selbst die Beeris sind fast nie dort. Die Dachluke geht auf den Himmel. So eine Sicht hat das Kind noch nie gehabt. Aus seinen Verstecken sieht es sonst immer nur Schuhe, Beine, Einkaufstaschen, Stöcke und Schirme. Auf dem Dachstock steigt es auf einen Stuhl und blickt durch das kleine Fenster über die Dächer und runter auf den Innenhof.

Die Mutter muss gar nicht mehr versuchen, mit dem Kind aus der Wohnung zu gehen. Es beginnt sofort, wild um sich zu schlagen und laut zu schreien. »Schon gut«, sagt die Mutter schnell. Wenn es erschöpft am Boden liegt, wagt sie zu fragen: »Wollen wir nicht zusammen nach Ripa? Die Zia ist noch dort, dein Cousin, der Zio, er ist gar nicht so böse. Kommst du mit?« Das Eidechsenkind starrt mit verzerrtem Gesicht zur Tür und heult drauflos, und die Mutter muss ihm die Hand auf den Mund pressen, bis es fast keine Luft mehr bekommt.

18

Das Eidechsenkind weiß nicht mehr, wie viele Schritte es sind bis zur Haustür im Erdgeschoss, die auf die Gasse führt. Es beginnt immer wieder von Neuem mit dem Zählen, aber es kommt nie ans Ziel. Diesen Weg müsste es gehen, um bis zum Bahnhof zu gelangen und nach Ripa zu fahren, es müsste Nonna Assuntas Stimme im Kopf wiederfinden.

Also wartet das Eidechsenkind darauf, dass ihm die Anzahl Schritte wieder einfällt, einen Tag, einen Monat und wieder einen Monat. Das ganze Draußen geht an ihm vorbei.

Der Frühling kündigt sich durch den Regen an, der den späten Schnee auf der Gasse in Matsch verwandelt und für das Eidechsenkind nur als ein fernes Prasseln zu hören ist. Es nimmt den Geruch der feuchten Luft kurz vor dem Regen wahr, es sieht, wie das helle Leuchten der Blitze an den Wänden flackert, wie die Lichter der Altstadt durch die Tropfen glänzen, die ihre schrägen Bahnen über die Fensterscheiben ziehen und denen das Eidechsenkind mit dem Zeigefinger nachfährt. Im Sommer, wenn die Nachtfalter um die Lampe über dem Küchentisch fliegen, macht es sein Boot wieder flott, das sich in die Wellen hineinpflügt. Der Vater liegt mit nacktem Oberkörper auf dem Sofa, und man sieht seine dichten Haare auf den Armen und auf der Brust. Im Herbst beginnt die Mutter bereits wieder an den Füßen zu frieren. Dann kommt der Schnee und es ist Winter. Das Eidechsenkind sitzt stundenlang vor dem Fenster.

Der Schnee fällt einmal in dicken schweren Flocken, einmal in dünnem Staub, manchmal, wenn der Wind heftig weht, schneit es waagrecht, und wenn der Wind Kapriolen schlägt, tanzen die Schneeflocken miteinander. Im Dezember kann das Eidechsenkind durch das Fenster den Schein der Weihnachtsbeleuchtung erkennen. Es ist wie einst im Zug, als es als blinder Passagier die Grenze passierte und mit der Nase an der Fensterscheibe klebte. Dort zogen Felder, Silos, verlassene Bauernhöfe, heruntergelassene Bahnschranken vorbei, hier sind es Bilder, die sich das Eidechsenkind als Gefangener macht. Es ist jetzt acht Jahre alt. Den Schuleintritt hat es verpasst. Die Eltern meinen, das könne noch ein Jahr warten.

Die Rückkehr in die Heimat muss aber schon wieder verschoben werden, weil ständig etwas dazwischenkommt. In Ripa würde die Mutter niemals so gut verdienen wie im Gastland, falls sie überhaupt eine Arbeit findet. Also bleibt sie. Da sie das Eidechsenkind nicht so lange allein lassen will, muss sie die vorgeschriebene Rückkehr in die Heimat vortäuschen. Sie bleibt eine Woche in Ripa bei ihrer Schwester und kommt wieder zurück. Sie gibt sich als Touristin aus, benutzt den Pass einer Bekannten oder besorgt sich einen gefälschten Arbeitsvertrag.

Einmal muss die Mutter einen Monat lang mit dem Eidechsenkind in der Wohnung versteckt bleiben. Mutter und Kind sitzen stundenlang vor dem auf ganz leise gestellten Fernsehkasten und warten, bis es Abend wird. Das Eidechsenkind macht die Augen zu und spürt, wie die Mutter den angehaltenen Atem gehen lässt. Wenn das Eidechsenkind erwacht, muss sie zuschauen, wie sich sein Nacken verhärtet, wie es sich dicht die Wand entlangdrückt, wie es gebückt im Zickzack durch die Küche geht, als gäbe es keinen Winkel, in dem es bleiben könnte. Dann kommt der Vater. Das bedeutet, dass der Tag zu Ende ist. Während des Abendessens bröckelt er stumm das Brot in die Suppe. Bis zum Einbruch der Dunkelheit sind es zwanzig Mal zwischen der Stanza in fondo und der Küche hin und her. In einer Nacht stecken viele weitere Nächte, die sich überlappen.

Frühmorgens steht der Vater schon wieder in der Küche. Die Mutter reicht ihm ein Stück feuchte Zeitung, in die sie Brot mit Mortadella gewickelt hat. Das Eidechsenkind schüttelt die vom langen Hocken verkrampften Beine aus. Es sagt dem Vater nicht Auf Wiedersehen. Es sagt nichts. Es horcht auf die Geräusche, auf die Mäuse, die in den Hohlräumen der Wand rascheln, und zeigt mit dem Finger darauf.

Nachdem sie fast drei Jahre gebangt hat, erhält die Mutter endlich die Erlaubnis, das ganze Jahr hindurch im Gastland zu bleiben. Dühr hat sie zwischenzeitlich als Putzfrau in seinen Baracken eingestellt, bis sie eine feste Anstellung in der Fabrik gefunden hat.

Sie sagt dem Vater: »Jetzt müssen wir das Kind nicht mehr verstecken.«

Der Vater wird wütend. Wie, bitte schön, solle er es dem Padrone sagen? Sie müssten für alles eine Erklärung finden, der Padrone würde sich verschaukelt vorkommen, er kenne keine Gnade, er würde ihm künden, und dann käme die Polizei, und sie wisse, wie seltsam sich das Kind benehme, es sei bis jetzt nicht einmal zur Schule gegangen, man nehme es ihnen bestimmt weg und sie kämen ins Gefängnis.

Zweiter Teil

1

Der Vater hat beim Padrone durchgesetzt, dass er aus der Abstellkammer und der Toilette ein Badezimmer machen und eine Badewanne einbauen kann. Samstags hält er nun mit dem Firmenwagen vor dem Haus, füllt eine Schubkarre mit Werkzeug und Material und trägt alles nach oben. Das Eidechsenkind stellt sich hinter ein Möbel oder einen Vorhang so dicht zum Vater, dass es seinen Schweiß riechen kann. Manchmal kommt es hervor und hilft ihm. Der Vater freut sich, wenn das Kind nun lernt, wie man mit der Wasserwaage einen Pfosten ausrichtet, wie man den Mörtel richtig anmischt – »Noch etwas Wasser«, sagt der Vater, »sonst wird der Mörtel zu trocken« –, wie man den Verputz aufträgt, alte Platten wegspitzt und Fliesen verlegt. Und als sie so nebeneinander mit der Arbeit beschäftigt sind, sagt der Vater, er werde das Kind eines Tages auf die Baustelle mitnehmen.

Nachher ist das Eidechsenkind so müde, dass es sich dem Schlaf nicht mehr widersetzen kann. Träume warten auf das Eidechsenkind. Nonna Assunta sagte immer, die guten Träume kämen nicht von allein, man müsse sie selber machen. Ohne das Heulen der Wölfe kann nun das Eidechsenkind die guten Träume kommen lassen. In einem Heißluftballon steigt es hoch hinauf ins weite Himmelblau. Es lässt einen Papierflieger auf die Wolken hinabsegeln und kann Nonna Assuntas »Manina piazza« hören. Ein bunter Zugvogel setzt sich auf den Rand des Korbs und zwitschert:

»Schau, da unten, dein Boot.« Und tatsächlich breitet sich dort unten das Meer aus, und es gibt plötzlich zwei Eidechsenkinder, eines sitzt winkend im Boot, das andere lehnt aus dem Korb und winkt zurück.

Wenn das Eidechsenkind aber keine Ablenkung hat, den ganzen Tag Schritte zählt und dann nur noch Schatten sieht, wenn es ohne zu atmen hinter dem Schrank kauert und die Augen geschlossen hält, gewinnen die Angstträume wieder die Oberhand. Dann schreckt es aus dem Schlaf auf und beißt, es beißt in die Bettkante, in die Stuhllehne, es wirft sich auf die Knie und beißt die Mutter ins Bein und will nicht mehr loslassen.

Um dem ständigen Rufen und Ermahnen der Mutter auszuweichen, schleicht sich das Eidechsenkind auf den Dachboden hinauf. Hier will es sein allergeheimstes Versteck einrichten. Es bringt Werkzeuge, die es heimlich dem Vater wegnimmt, nach oben und baut sich in einer Ecke der hinteren Kammer ein Gehäuse aus Brettern, Tüchern und Karton. Dort hinein kommen noch eine alte Matratze, ein Stuhl, ein Kissen, alles, was es braucht. Aber es ist dem Eidechsenkind nicht Versteck genug. Deswegen schiebt es noch eine der vielen Schachteln, die auf dem Dachboden herumstehen, ins Gehäuse und kauert sich hinein, wie ein Tier. Erst dort ist es ganz in Sicherheit und muss weder den Atem anhalten noch die Schritte zählen. Licht gibt es keins. Das Eidechsenkind behilft sich mit einer Taschenlampe, die es in seine Hosentasche steckt.

Das Eidechsenkind bereitet sich dort auf ein Leben als gejagte Eidechse vor. Es schmiert sein helles Gesicht mit einer Paste aus Butter, Olivenöl und rostfarbenem Steinpulver ein, das es aus Ziegelsteinen gewonnen hat, die der Vater im Keller lagert. Die rotbraune Farbe bietet Schutz vor Kuschdohära. Es schmiert auch seine Arme, den Nacken und die Beine mit Olivenöl ein, damit es glitschig wird wie eine Qualle, falls jemand nach ihm greifen will.

Das Eidechsenkind passt nicht mehr unter die Kredenz. Wenn der Padrone in der Küche steht, versteckt es sich unter der Holzbank. Die Mutter hat eine neue Decke darübergelegt, die bis zum Boden reicht. Das Eidechsenkind hebt mit einer Stricknadel den Stoff wenige Millimeter hoch und blickt durch den Spalt.

2

Das Eidechsenkind macht sich über die Comics her, die der Vater auf dem Klo liest und die sich neben dem neuen Lavabo fast einen Meter auftürmen. Die Mutter klopft an die Tür und ruft: »Was tust du da?«

Das Eidechsenkind gibt keine Antwort. Es hockt auf dem Boden, schaut gefesselt auf die Abbildungen und entschlüsselt geduldig, Buchstabe um Buchstabe, die Texte in den Sprechblasen. Das Eidechsenkind fühlt sich so sehr in seine Lieblingshelden hinein, dass es ihre Art zu sprechen annimmt. Der Pistolenheld namens Tex reitet auf seinem Pferd durch die Prärie. »Bang«, tönt es, wenn er mit seinem Colt schießt, und »ziiing«, wenn er, nachdem er die Waffe um den Zeigefinger hat rotieren lassen, die leere Büchse trifft, die neben dem Lagerfeuer liegt. »Whack«, schallt Ken Parkers wuchtiger Faustschlag mitten ins Gesicht des Banditen. »Yiiihhhaaaiiii!!!!«, brüllen die Indianer, sie sind auch in den Comics, nicht nur im Fernsehkasten, wenn sie die Bleichgesichter angreifen, und ein dickes Fragezeichen steht neben dem dummen Gesicht des Sheriffs, als er den ausgeraubten Tresor entdeckt. Das Eidechsenkind macht alles nach: das Feuern einer Schusswaffe, das Quietschen eines rasenden Polizeiautos, das Klirren einer Fensterscheibe. Das Boot in seinem Kopf wird von Piraten angegriffen. Das Eidechsenkind sieht, wie die Karavelle mit vollen Segeln auf sein Boot zukommt, es sieht den Totenkopf auf dem schwarzen Segel. Die Piraten schreien wild »hiiii, hiiii, yeahhh«, sie versuchen backbord beim Eidechsenkind anzulegen. Die Segel knattern. Ein Sturm zieht auf. Das Eidechsenkind fasst sein Gewehr und schießt auf die feindliche Karavelle. »Bang, bang«, es trifft Cane Nero, den berüchtigten Piratenchef, mitten ins Herz, und »splasch« der Halunke fällt kopfüber ins Wasser.

Die Mutter ruft aus dem Korridor: »Leiser, hör auf mit dem Lärm!«

Wenn das Eidechsenkind endlich die Tür öffnet, will der Vater ihm die Comics wegnehmen und es aus dem Badezimmer zerren. Das Eidechsenkind klammert sich an die Türklinke, es schreit und beißt und spuckt. Die Mutter springt auf, um das Radio lauter zu drehen. Bei der lautstarken Musik rennt das Eidechsenkind hinaus ins Treppenhaus, hinauf in sein Versteck auf dem Dachstock.

Im Gehäuse dann ist die Stille so dicht, dass das Eidechsenkind das Ticken der Uhr in der unteren Wohnung oder das dumpf durch die Wände klingende Schellen der Telefone wahrnimmt. Es steckt sich die Finger in die Ohren und sitzt erbärmlich allein auf der feuchten Matratze. Es gibt dort für das Eidechsenkind nichts zu tun, nichts zu hören, nichts zu sehen, immer herrscht Dunkelheit, die Stimmen der Comicfiguren reden in ihm weiter und lassen es die Wut vergessen.

Wenn das Eidechsenkind wieder aus dem Versteck hervorgekrochen ist, kauert es sich vor den Radiator in seinem Zimmer. Die Mutter bringt ihm das Essen. Sie spricht zu ihm. Das Alleinsein und die wirren Selbstgespräche haben viele Wörter im Kopf ausgelöscht. Die Sätze verklumpen, das Eidechsenkind spricht nur noch in Brocken. Wenn es mit den Eltern redet, gestikuliert es wild mit den Händen und gerät am Ende außer sich, weil es für das, was es sagen will, keine Wörter findet, weil die Wörter irgendwo im Kopf oder im Hals stecken bleiben.

Die Mutter sagt: »Das Kind wird mir krank.«

Sie raffelt Rüben, legt sie in ein Tuch und drückt sie über einem Glas aus, bis der Rübensaft herauskommt.

»Trink!«, sagt sie dem Kind.

Das Eidechsenkind trinkt und sagt: »Uomo Ragno, Uomo Ragno …« Es biegt sich krumm und geht wie Spiderman in die Hocke. Es kann nun mit gewagten Sprüngen Hindernisse überwinden, über die Möbel klettern und sich an den Türrahmen hängen.

3

Auch wenn sie tagsüber in der Fabrik arbeitet, putzt die Mutter abends Büros. Der Vater geht ihr nach der Baustelle helfen. Zusammen sind sie schneller und verdienen mehr. Im Winter, wenn die Arbeit auf der Baustelle ruht, fährt der Vater nach Ripa, um am Haus weiterzubauen. Als es auch dort zu kalt wird, kommt er für die restliche Zeit wieder nach Hause.

Draußen schneit es, der Vater zieht Wollsocken an und sieht aus dem Fenster der Stanza in fondo. Unten im Innenhof werfen die Kinder Schneebälle in hohem Bogen durch die Luft und gegen die Scheiben, auf denen ein Abdruck bleibt. Im Erdgeschoss reißt die Capitana das Fenster auf und brüllt mit erhobener Faust in den Hof hinein. Die Kinder stehen einen Moment still, formen dann aber weiter ihre Schneebälle, legen sie von einer Hand in die andere, zielen auf die Fenster, auf die Capitana. Der Vater überlegt kurz und zieht den Vorhang zu. Er geht runter, kommt mit einem Klumpen Schnee zurück und ruft das Kind in die Küche. Das Eidechsenkind eilt herbei, nimmt den Schnee aus den Händen des Vaters, breitet ihn auf dem Küchenboden aus und stampft ihn mit nackten Füßen platt. Der Vater setzt sich auf die Holzbank und lacht. Die Mutter holt einen Lappen und sagt: »Schluss jetzt, sonst sickert das Wasser noch in die untere Wohnung.« Das Eidechsenkind stampft trotzdem weiter.

Der Vater holt auch dem Kind dicke Socken und wühlt dann in der Kredenz in einer Schublade nach einer Kassette. Er setzt sich mit dem Kassettenrekorder an den Tisch zum Eidechsenkind. Der Vater legt die Kassette ein und singt mit: »... avec ma geule de métèque, de juif errant de pâtre grec et mes cheveux aux quatre vents...«. Er spricht die einzelnen Wörter mit einer ausgeprägten Bewegung der Lippen aus und schaut dem Eidechsenkind direkt in die Augen. Woher er diese fremde Sprache kenne, fragt das Eidechsenkind den Vater.

Jetzt, da das Eidechsenkind halbwegs schreiben gelernt hat, diktiert ihm die Mutter Briefe nach Ripa. Sie sagt zum Vater: »Das tut ihm gut.« Aber das Eidechsenkind kann nicht wirklich still sitzen. Es wippt so fest mit dem Oberkörper, dass der Stuhl knarrt.

»Du zappelst die ganze Zeit«, sagt die Mutter, die mit ihrer nach Zwiebeln riechenden Schürze am Küchentisch steht.

Das Eidechsenkind wackelt mit dem Kopf und kritzelt etwas aufs Papier. Die Mutter nimmt ein neues Blatt und diktiert. Ob sie in Ripa alle wohlauf seien, soll das Kind fragen, ob jemand zu Nonna Assuntas Grab schaue, ob das halb fertige Haus, für das man im Gastland so Opfer bringe, noch stehe, all dies soll das Eidechsenkind schreiben, und am Schluss soll es hinzufügen, dass bei ihnen im Gastland alles in Ordnung sei.

»Punkt, setze einen Punkt!«, befiehlt die Mutter.

Das Eidechsenkind schaut zu ihr hoch. Sie macht eine lange Pause und seufzt.

Dann folgen die Vorwürfe, die die Mutter im Brief einzeln aufgezählt haben will. Der Zio schaue nicht richtig zum Haus, wo denn all das Geld bleibe, das man jeden Monat schicke; weshalb kein Bild von Nonna Assuntas Grab komme, weshalb ihre Schwester nie anrufe, ob der Cousin nicht auch schon mit anpacken könne…

Briefe diktiert die Mutter immer abends. Während sie die Sätze formt, starrt sie aus dem Fenster oder auf die weiße Küchenwand. Dann fällt ihr Blick auf den Tisch: »Schreib nicht so hässlich!«

Sie zerknüllt das Blatt und wirft es unter den Tisch. Sie beginnt von vorn und das Eidechsenkind schreibt. Nie liest sie am Schluss den Brief durch. Das Eidechsenkind faltet das Blatt, schiebt es in den Umschlag und notiert die Adresse. Es klebt aber das Kuvert noch nicht zu. Es schielt zur Mutter. Ihre Gereiztheit zeigt sich an den Nasenflügeln. Es gibt immer etwas, das sie vergessen hat. Deshalb muss das Eidechsenkind den Brief wieder aus dem Kuvert herausholen.

Dann ist der Brief fertig geschrieben, und die Mutter klebt ihn zu. Sie sagt zum Vater: »Morgen bringst du den Brief auf die Post!«

Aber der Vater hat Rückenschmerzen. Er erhebt sich von der Holzbank. Er murmelt, er wolle möglichst bald zurück ins Heimatland. Das ist das Einzige, was er noch von sich gibt, bevor er auf dem Sofa einschläft. Die Mutter dreht sich um, aber das Eidechsenkind ist nicht mehr da. Sie hat keine Kraft, es schon wieder zu suchen.

4

Der Reizhusten kommt aus dem Nichts. Man darf das Eidechsenkind nicht husten hören. Aber der Reiz ist zu stark, die Lunge brennt, pfeift und drückt auf das Zwerchfell.

Es gibt zwei Arten von Husten. Einer tönt wie Lachen, der andere wie Weinen. Wenn das Eidechsenkind den lachenden Zwerchfellhusten nicht herauslässt, erstickt es. Da muss es den Kopf unter das Kissen stecken und in die Dunkelheit hineinhusten. Ist es der weinende Zwerchfellhusten, hustet die Mutter mit. Sie tut es laut, damit alle im Haus hören können, dass sie diejenige ist, die hustet. Beim *tosse canina,* dem Husten, der einen Rippenbruch zur Folge haben kann und an dem das Eidechsenkind sterben könnte, bauen die Eltern dem Eidechsenkind aus zwei Kissen und dem Duvet eine Höhle. Sie schließen die Zimmertür und stellen eine Matratze davor. Das Eidechsenkind liegt unter Schichten von Stoff und Federn und schwitzt und hustet sich die Lunge aus der Brust. Die Mutter schiebt die in Honig eingelegten Zwiebeln unter das Duvet und sagt dem Kind, es soll tief einatmen.

Als einmal die Mutter wieder laut mithusten muss, klopft die Capitana an die Tür und ruft: »Arme Frau!« Die Hausmeisterin geht nach unten und kommt mit Hustensirup zurück. Das Eidechsenkind hält zwei Kissen über den Kopf gedrückt und hustet in die Matratze hinein. Es kann hören, wie die Capitana in die Küche will, um selber der

Mutter den Sirup mit einem Löffel zu verabreichen, aber die Mutter hustet sie von der Tür weg.

Nach dem Husten folgt das kalte Fieber, das dem Eidechsenkind das Horchen, Riechen, Spähen und Tasten unmöglich macht. Es liegt bäuchlings und ausgemergelt mit halb offenen Augen in seinem Bett. Durch die Ritzen der geschlossenen Läden fällt ein schwaches Licht und zeichnet helle Streifen an die Wand. Die Mutter zieht dem Kind die feuchten Kleider aus und dreht es auf den Rücken, damit es leichter atmen kann. Das Eidechsenkind blinzelt auf die Lichtstreifen an der Wand. Sein fiebriger Körper zittert. Die Mutter gibt ihm zu trinken, aber es ist derart schwach, dass es das Glas nur mit Mühe zu den Lippen führen kann. Essen mag es tagelang nicht. Es liegt im dämmrigen Zimmer und starrt an die Decke. Es betrachtet die Risse, die feinen, verästelten Linien, die sich wie ein Muster bis über die Wände ausbreiten. Es stellt sich vor, wie sich die Eidechse in die Rillen hineinschleicht und ihre Bahnen geht. Im Fiebertraum kann das Eidechsenkind das Bett und das ganze Zimmer von oben in den Blick nehmen. Die Mutter fürchtet, das Kind könnte nicht mehr aus dem Fieberwahn erwachen. Sie schluchzt und hofft, dass der Vater bald nach Hause kommt. Sie legt dem Kind Essigumschläge auf die Stirn und gibt ihm zu trinken.

Als dann endlich das Fieber nachlässt, ruht der Körper des Eidechsenkindes im weichen und wohligen Bett, das die Mutter frisch bezogen hat.

5

Die Mutter zuckt zusammen, wenn sie das Trappeln hinter den Wänden und unter dem Fußboden hört. Sie sagt, sie mache deswegen in der Nacht kaum ein Auge zu. Der Hauswart meint, er könne nichts dagegen unternehmen, man habe keine Vorstellung davon, wie schlau die Viecher seien. Da nimmt der Vater die Sache in die Hand und stellt Fallen auf.

Das Eidechsenkind findet als Erstes das eingeklemmte Tier. Als es die Falle aufklappt, öffnet die Maus die Augen, bewegt sich aber nicht. Das Eidechsenkind schaut sie an und nimmt sie in die Hand. Seine Finger umklammern den weichen Körper. Die Handfläche spürt die Knochen unter der Haut, und der große Daumen fühlt den Herzschlag des Tiers. Die Maus wehrt sich nicht, sondern liegt schlaff und regungslos in der Hand des Eidechsenkindes. Sein Pulsschlag durchdringt ihren Körper. Plötzlich bewegt die Maus den Kopf, beginnt zu zucken, sich zu winden, um sich aus dem Griff zu lösen. Als der Widerstand stärker wird, drückt das Eidechsenkind zu, immer fester, bis die Knochen brechen und das Blut aus der Nase und dem Mund herausquillt. Das Eidechsenkind öffnet seine Hand und lässt das tote Tier auf den Boden fallen. Dann hebt es die Maus vom Boden auf und legt sie auf den Tisch. Am nächsten Morgen kommt die Mutter mit einem Schrei aus der Küche gelaufen.

Das Eidechsenkind lauert von nun an den Mäusen auf, wie es in Ripa auf die Eidechsen wartete. Es macht sich ein Spiel daraus, die Tiere bis zur Falle herankommen zu lassen. Es beobachtet, wie sie vorsichtig am Käse schnuppern, und dann, im letzten Moment, die Mäuse sind niemals so flink wie die Eidechsen, langt es mit einem blitzschnellen Handgriff zu. Dann tötet es das Tier und legt es auf den Tisch.

»Warum tust du das?«, weint die Mutter verzweifelt.

Nach einer Weile tauchen keine Mäuse mehr auf. Deshalb steigt das Eidechsenkind zu ihnen in den Keller hinunter. Jeden Morgen liegt eine tote Maus auf dem Küchentisch, wie eine Trophäe, die das Kind für die Eltern zurückgelassen hat.

Inzwischen hat das Eidechsenkind in den Mauern feine Ritzen ausgekratzt, die es ihm erlauben, unbemerkt von einem Raum in den anderen zu spähen. In der Wohnung hat es mit einem Messer den Zement aus den Fugen geritzt, in seinen Verstecken im Haus hat es mit dem Bohrer des Vaters an verschiedenen Stellen feine Löcher durch die Wand gebohrt. Vom Abstellraum im Erdgeschoss am Ende des Flurs sieht es jetzt ins Wohnzimmer der Beeris, von seinem eigenen Zimmer aus sieht es in die Küche, vom Badezimmer in die Stanza in fondo. Es hat längst alle Winkel und Ecken des Wohnhauses erkundet. Es bewegt sich geräuschlos wie ein Schatten von Posten zu Posten und kann nun dem geschäftigen Tun der Capitana und ihres Mannes zuschauen, die anderen Hausbewohner beobachten und ihre Gespräche mitanhören.

6

Die Mutter leidet seit geraumer Zeit an Unterleibsschmerzen, die immer stärker werden. Sie sagt dem Kind nichts, aber es sieht, wie sie sich den Bauch hält, wenn sie lacht oder wenn sie heftig weinen muss. Der Arzt schickt sie zur Untersuchung ins Spital.

Als sie zurückkommt, hat sie Tränen in den Augen. Sie sagt, sie habe eine böse Krankheit im Bauch, so etwas wie ein Tier, das an ihr nage. Das Eidechsenkind steht schweigend daneben. Das Gesicht der Mutter erscheint ihm plötzlich fahl und eingefallen. Es schaut sie an und muss an die Knochen der Mäuse denken, die es unter der Haut spürte, als es zudrückte. Die Mutter zieht die Augenbrauen zusammen, weil der Bauch wieder schmerzt.

Daraufhin faucht das Eidechsenkind: »Stirbst du jetzt auch?«

Die Mutter muss einmal in der Woche ins Spital. Wenn sie heimkehrt, ist sie erschöpft. Sie spricht fast kein Wort und legt sich früh schlafen.

Das Eidechsenkind tritt ins Halbdunkel des Schlafzimmers. Die Mutter liegt in ihrem Bett mit aufgeblähtem Bauch. Der Vater sitzt auf dem Bettrand, das Gesicht der Tür zugewandt. Das Eidechsenkind tritt ans Bett, legt seine Hand auf den Bauch der Mutter. Nach einer Weile schläft die Mutter tief und der Vater deckt sie zu.

Nach einem Monat muss die Mutter ins Spital für die Operation. Sie bleibt zwei ganze Wochen dort. Der Vater geht sie besuchen. Das Eidechsenkind wartet allein.

Als die Mutter heimkehrt, ist die Stimmung angespannt. Der Vater muss viel im Haushalt machen und ist deshalb noch müder als üblich. Die Mutter sollte liegen, aber sie hat immer etwas zu tun. In ihrem rosaroten Schlafrock geht sie traumverloren durch die Wohnung. Sie spricht leise, ist zärtlich mit dem Eidechsenkind. Carlos' Mutter kommt immer wieder vorbei und bringt ihr gesunde Kräutertees, die sie selber gemischt hat, oder einen frisch gebackenen Kuchen.

An einem Tag, als es viel zu erzählen gibt, bringt sie den dicken Carlos mit. Er schlurft durch die Küche und hält ein Babyfläschchen mit Ovomaltine in der Hand, an dem er immer wieder nuckelt. »So isst er wenigstens nicht die ganze Zeit«, meint seine Mutter, »sag der Frau Guten Tag!« Carlos reicht schüchtern seine speckige Hand, und die Mutter lächelt unbeholfen. Dann erzählt sie, wie merkwürdig ihr Kind geworden ist. Sie ruft nach ihm: »Komm, zeig dich der Frau. Carlos ist auch da.« Da geht das Eidechsenkind mit seinen zerrauften Haaren aus seinem Zimmer in die Küche. Beide Mütter drängen ihr Kind, dem anderen Guten Tag zu sagen. Das Eidechsenkind greift nach dem Babyfläschchen, aber Carlos will es nicht hergeben. »Gib ihm einen Schluck!«, ruft seine Mutter. Aber Carlos schüttelt den Kopf. Da bekommt das Eidechsenkind einen wilden Anfall, dass Carlos' Mutter ihrem Sohn das Babyfläschchen aus der Hand reißt und es dem Eidechsenkind gibt, das damit in sein Zimmer flüchtet. Carlos' Mutter sagt, das mache nichts, sie habe noch mehr solche Flaschen.

Später geht die Mutter ins Zimmer zum Eidechsenkind. Es lehnt im Schneidersitz an der Wand, die Babyflasche immer noch in der Hand, und starrt die Mutter mit schräg gelegtem Kopf an. »Kommst du mit nach Ripa, wenn es mir wieder besser geht?«, fragt sie mit versöhnlicher Stimme. Das Eidechsenkind kreischt jetzt nicht, aber es zittert und schüttelt energisch den Kopf.

Nach zehn Tagen sagt die Mutter, sie habe sich nun genug ausgeruht. Sie steht früh auf und geht wieder zur Arbeit in die Fabrik.

7

Als das Telefon läutet, raucht der Vater gerade am offenen Fenster der Stanza in fondo, sieht hinaus in den Innenhof, wo Kinder in der Abenddämmerung herumspringen. Der Anruf kommt aus Ripa. Nach einem starken Regen habe es einen Erdrutsch gegeben und das fast fertige Haus sei stark beschädigt worden. Der Vater steht verloren im Korridor und sagt nichts. Er denkt an die vielen Stunden, an die Fahrten nach Ripa in den Wintermonaten, wie er dort Stein für Stein, Fenster für Fenster über all die Jahre am Haus gebaut hat. Die Mutter, die in der Küche den Fußboden wischt, ruft: »Was ist? Wer hat angerufen?«

Der Vater hat noch den Hörer in der Hand und sagt: »Das Haus, verdammte Scheiße!«

»Was fluchst du da!«, ruft die Mutter zurück.

»Ich hab die Nase voll«, sagt der Vater, »und mit dem Kind wissen wir auch nicht weiter!«

»Wieso kommst du jetzt damit?«

»Das Geld reicht nicht zum Leben und nicht zum Sterben!«, erhebt der Vater die Stimme.

»Ja, andere geben das Geld aus, wie es hereinkommt«, sagt die Mutter, die nun in der Tür steht, »wir arbeiten und sparen, wir tun nichts anderes, aber wir sind immer noch hier, und wenn das mit dem Kind herauskommt, sind wir erledigt, man wird sagen, wir hätten es eingesperrt, das sagst du doch auch immer.«

»Das Haus! Was uns das jetzt kosten wird!«

»Was ist mit dem Haus?«, fragt jetzt die Mutter.

»Der Junge könnte ruhig auch bald auf die Baustelle mitkommen und etwas verdienen.«

»Was kann das Kind denn dafür?«, schreit die Mutter.

Der Vater schäumt vor Wut. Er stürzt in die Stanza in fondo zurück und schreit: »Genug, ich habe genug!« Er will das Kind unter dem Tisch wegholen. Das Eidechsenkind klammert sich aber ans Tischbein, der Vater zieht, und der Tisch kommt mit. Der Vater will das Eidechsenkind packen, da beginnt es kreischend um sich zu treten. Der Vater drückt ihm den Mund zu. Das Eidechsenkind wird immer wilder. Der Vater schlägt ihm ins Gesicht. Das Eidechsenkind blutet aus der Nase. Es läutet an der Tür. Das Eidechsenkind hört Alfons Beeris Stimme.

Der Vater hat das Kind so fest umklammert, dass es sich nicht mehr bewegen kann. Die Mutter spricht draußen vor der Tür mit Beeri. Nun packt der Vater das Eidechsenkind an der Gurgel und drückt zu. Er schaut ihm in die Augen und drückt immer fester. Das Kind bekommt keine Luft mehr. Aus dem Blick des Vaters spricht eine unbändige Wut. Im Korridor ist es wieder still. Die Mutter hat Beeri abwimmeln können. Da beißt das Eidechsenkind dem Vater in den Arm, so fest, dass es ihm ein Stück Haut wegreißt. Es flieht, zehn Schritte durch den Korridor, zwei Schritte an der Mutter vorbei bis zur Tür, hinaus in die Dunkelheit der Haustreppe. Es klettert so viele Schritte, wie die Treppe Stufen hat, hinauf in den Dachstock und wühlt sich in seinen Bau. Dort bleibt es die ganze Nacht versteckt. In seinen Adern pumpt das Blut. Die Augen sind nur noch Schlitze.

8

Mehr als dreißig leise Schritte sind es hinunter in den zweiten Stock, wo der kalte Junge mit dem blassen Gesicht und den Haaren wie ein Vogelnest wohnt. Er ist nur abends, am Wochenende und während der Schulferien da. Die restliche Zeit verbringt er an einem Ort, wo Kinder wohnen, die nicht richtig im Kopf sind. Seine Mutter arbeitet. Sie ist fast immer müde, schreit den Jungen an, er hänge an ihren Armen wie ein Sack Kartoffeln. Der Junge nimmt Dinge wahr, von denen andere nichts ahnen. Wenn er im Treppenhaus die Anwesenheit des Eidechsenkindes spürt, bleibt er einfach stehen. Seine Mutter versucht ihn anzutreiben: »Was hast du? Was hörst du? Jetzt komm, da ist nichts!« Wenn sie die Geduld verliert, zerrt sie an ihm und zieht ihn an den Haaren, aber der kalte Junge bewegt sich nicht von der Stelle. Bis die Capitana die Treppe hochkommt und mit ihren starken Armen den Jungen hochhebt und nach oben trägt.

Eines Nachmittags schleicht sich das Eidechsenkind wieder einmal die Treppe hinunter. Es dringt geräuschlos in die fremde Wohnung im zweiten Stock ein, und als es das Zimmer des kalten Jungen betritt, schaut dieser das Eidechsenkind mit gelassener Miene an, als würden sie sich schon lange kennen. Sonst ist der kalte Junge Fremden gegenüber misstrauisch und abweisend. Das Eidechsenkind kreist langsam um den Jungen, der im Schneidersitz am Bettrand lehnt und mit den Handflächen seine Augen zudeckt. Es fährt mit der Hand durch die wilden Haare des kalten Jungen, bis dieser vorsichtig die Augen öffnet und seinen Besucher schelmisch durch die Finger anblickt.

Der kalte Junge kann nun hören, wenn das Eidechsenkind sich seinem Zimmer nähert, und öffnet ihm die Tür. Manchmal ist er zur Strafe eingesperrt. Das Eidechsenkind flüstert: »Komm!«, aber der kalte Junge reagiert nicht. Er ist im eigenen Körper eingesperrt und bleibt stumm.

Das Eidechsenkind versucht, ihm das Eidechsenleben beizubringen, wie man sich fortbewegt, wie man kriecht, wie man über Möbel klettert. Es will seinem neuen Freund auch die Geschichten in den Comics zeigen, aber der schaut die Bilder und Buchstaben nur ungerührt an. Das Eidechsenkind macht ihm vor, wie man beim Zählen die Finger zu Hilfe nehmen kann. Der kalte Junge hebt nicht einmal die Hand. Also schauen sie einander wortlos in die Augen. Beim kalten Jungen dringt nichts ins Innere des vermauerten Kopfes. Er sitzt auf dem Boden mit leerem Blick, ohne am Geschehen ringsum den geringsten Anteil zu nehmen. Nur wenn das Eidechsenkind den Clown spielt, im Kreis herumhüpft, den Handstand macht und sich einen Bleistift oder einen Legostein in die Nase oder in die Ohren steckt, regt sich etwas im kalten Jungen, und das Eidechsenkind kann ihm ein stummes Lächeln entlocken. Es erzählt dann mit Händen und Füßen so lebhaft von seinen Streifzügen durch das Wohnhaus, dass der kalte Junge plötzlich mit großen Augen zuhört.

Die Mutter des kalten Jungen hat die Capitana beauftragt, am Wochenende, wenn sie arbeiten muss, nach ihrem Sohn zu sehen. Die Hausmeisterin hat immer Kuschdohära dabei. Bevor sie ins Zimmer kommt, hat sich das Eidechsenkind schon unter dem Bett oder im Schrank versteckt. Der kalte Junge zeigt keine Regung. Kuschdohära riecht den Eindringling, schnüffelt aufgeregt am Bettrand und an den Möbeln, knurrt und bellt. Die Capitana bleibt in der Mitte des Zimmers stehen. Eine Fliege surrt um ihren Kopf. Die Capitana schlägt mit der Hand um sich und ruft: »Fuß, Blacky, bei Fuß!«

Um seinen Freund zu retten, stößt der kalte Junge einen seiner Schreie aus, so laut, dass sich die Capitana die Ohren zuhalten muss. Sie nimmt Kuschdohära unter den Arm und verlässt kopfschüttelnd das Zimmer.

9

Im Treppenhaus trifft das Eidechsenkind auch auf Carlos. Sie stehen sich einen Moment lang gegenüber. Carlos lächelt verschmitzt. Er hat die Sache mit der Babyflasche längst verziehen und strahlt über das ganze Gesicht, als wären sie längst Freunde. Er ist vom Treppensteigen so außer Atem, dass er nicht sprechen kann. Das Eidechsenkind hilft ihm kurzerhand beim Hinaufsteigen und schiebt ihn mit beiden Händen an.

Carlos geht nur selten nach draußen. Die anderen Kinder rufen ihn Dickwanst. Deshalb will er nicht mehr zur Schule. Seine Mutter ist verzweifelt und kommt deswegen oft zur Mutter des Eidechsenkindes, um sich in der Küche auszuweinen.

Carlos hat eine Schwester, Esmeralda, nur schon der Name ist eine Schönheit. Esmeralda ist schlank und hat lange, schwarze Haare, die ihr bis zum Gesäß hinunterfallen. Sie ist klug und lernt gern. Sie wohnt in der Heimat bei den Großeltern und geht dort zur Schule. In den Ferien kommt sie ins Gastland zu ihrer Mutter und Carlos. Sie sitzt auch mit in der Küche des Eidechsenkindes. Carlos ist noch dicker geworden. Wenn er nur nicht immer solchen Hunger hätte, meint seine Mutter. »Was soll ich tun?« Die Mutter des Eidechsenkindes gibt keine Antwort. Sie sagt, Esmeralda sei ein so schönes und kluges Mädchen. Esmeralda sagt: »Danke, Signora!«, und feilt an ihren Fingernägeln.

Das Eidechsenkind nimmt Carlos mit in sein Zimmer. Carlos will aber nicht spielen. Er sitzt träge da, streckt seine speckige Hand aus und wartet, bis das Eidechsenkind etwas zu essen, ein Stück Brot oder Schokolade, hineinlegt. Als Gegenleistung verlangt das Eidechsenkind, dass Carlos ein paar Mal die Haustreppe auf und ab geht, bis er außer Atem ist. Danach setzt es das Ohr an seine Brust und lauscht, wie das Herz rast.

Für das verbotene Spiel der anderen Kinder im Treppenhaus ist Carlos gefragt. Sie machen einen Stau, damit niemand mehr durchkommt. Die zusammengeballte Kinderschar bewegt sich dann wie eine riesige Raupe treppauf und treppab. Vom wilden Geschrei aufgeschreckt, eilt Alfons Beeri mit einem Stock herbei. Kuschdohära bellt ganz aufgeregt. Die Capitana streckt einen Arm ins Gewühl und versucht, ein Kind herauszuzerren. Die Kinder lachen und schreien. Das Eidechsenkind, das sich im allgemeinen Durcheinander unbemerkt herangeschlichen hat, will auch mitmachen. Es wird magisch von dem Gemenge angezogen. Die kleineren Kinder werden fast zertrampelt. Das Eidechsenkind macht es sich zur Aufgabe, sie aus der Klemme zu befreien. Es windet sich zwischen ineinander verhakten Beinen und Armen, es zerrt und wuchtet, bis es eine Verknotung lösen kann. Einmal wird auch der dicke Carlos trotz seines massigen Körpers zu Boden gedrückt. Das Eidechsenkind muss alle seine Kraft und Beweglichkeit aufbringen, um seinen neuen Freund aus der misslichen Lage zu befreien.

Im Treppenhaus geht es auch sonst wild zu und her. Als einmal die Capitana vom Einkaufen kommt, spielen die Kinder im Eingangskorridor Fußball und schießen den Ball an ihren Arm. Sie erschrickt so sehr, dass ihr die Tasche aus der Hand fällt und Kartoffeln, Zwiebeln und ein paar Äpfel herausrollen. Die Kinder müssen schnell verschwinden, denn die Capitana wirft mit Kartoffeln um sich. Sie ist stinksauer. Um sich zu beruhigen, muss sie sich eine Zigarette anzünden.

Die Capitana hat nicht immer Zeit, sich am Kiosk ihre Marylongs zu besorgen, und wenn ihr die Zigaretten ausgehen, bekommt sie zittrige Hände. Die Kinder wetteifern, wer sie für die Capitana holen darf. Sie wählt eines aus und schickt es los. Die Kioskfrau sagt dem Kind: »Bring sie ja der Frau Beeri, du Saugof, ich frage sie dann!«

Als Belohnung darf man von der Capitana eine Handvoll Sugus erwarten. Das Kind muss sich aber gedulden, bis die Capitana das Silberpapier aufgerissen, mit dem Finger auf die gelbe Packung geklopft, sich eine Zigarette herausgenommen und sie angezündet hat. Erst nach ein paar Zügen zittert ihre Hand nicht mehr und sie kann die Sugus aus der Tüte herausholen.

Die Kioskfrau ist mit der Capitana befreundet. Sie kommt sie manchmal besuchen und sagt, das sei ja nicht auszuhalten mit all den Saugofen im Haus. »Ein paar kenne ich von der Gasse. Was haben die denn bei euch im Haus zu suchen?« Die Kioskfrau bringt immer abgelaufene Schokolade mit, die sie an die Kinder verteilt. »Die ist noch ganz gut, man wirft sie sonst weg und andere verhungern«, sagt sie zu den Kindern. Das Eidechsenkind lauert im Dunkeln. Es ballt die Fäuste, weil es auch ein Stück Schokolade ergattern will. Dann, einem Raubtier gleich, schnellt es aus seinem Versteck auf die ausgestreckte Hand der Kioskfrau zu. Es greift nach der Schokolade, aber die Kioskfrau packt die Hand des Eidechsenkindes und hält sie ein paar Sekunden lang fest: »Dich habe ich noch nie gesehen«, ruft sie. Das Eidechsenkind zieht eine Grimasse, reißt sich los und macht sich blitzartig aus dem Staub.

Die Eltern wollen gar nicht so genau wissen, was das Eidechsenkind während ihrer Abwesenheit alles anstellt. Obwohl sie es ihm verboten haben, ahnen sie, dass das Kind immer wieder ins Treppenhaus hinausgeht. »Du weißt doch, wenn sie dahinterkommen, dann stecken sie Mamma und Papà ins Gefängnis. Du musst jetzt einfach brav sein. Sobald unser Haus fertig ist, gehen wir nach Ripa«, sagt die Mutter. Das Eidechsenkind nickt wenig überzeugt. In ihrer Ohnmacht warten die Eltern, dass sich mit der Zeit alles zum Guten wendet.

10

Das Eidechsenkind will wissen, wer die Musik macht.

»Das ist die Schwester des Padrone«, flüstert die Mutter, »eine ältere Dame, die Geige spielt, sie darf jetzt hier wohnen, ich glaube, sie ist sehr einsam.«

Die Musik, die aus der gegenüberliegenden Wohnung kommt und der das Eidechsenkind seit Wochen schon im Stillen und mit zittrigen Beinen lauscht, ist eine andere als die aus dem Plattenspieler oder dem Fernsehkasten. Beeris Hausordnung duldet laute Musik nur bis neunzehn Uhr. Das gilt auch für Dührs Schwester. Sie hält sich nicht immer daran. Deshalb steigt die Capitana zu ihr hoch und klopft drei Mal energisch an die Tür, woraufhin die Musik verstummt. Das Eidechsenkind presst sein Auge an den Spion und sieht, wie die Capitana einen Moment breitbeinig und steif vor Ungeduld dasteht und dann wieder die Treppe hinuntersteigt.

»Dein Großvater Eraldo hatte auch eine Geige«, erinnert sich die Mutter, »er spielte abends, und es kamen Leute aus dem Dorf, und manchmal tanzten wir alle zusammen. Ich war noch ganz jung, als er gestorben ist.«

Das Eidechsenkind tastet mit dem Ohr die Wände ab. In der Stanza in fondo, wo ihm die Musik am nächsten vorkommt, bohrt es ein neues Loch in die Wand, aber die Musik bleibt unsichtbar. Sie ruft umso eindringlicher. Das Eidechsenkind tritt ins Treppenhaus, geht auf die gegenüberliegende Wohnungstür zu, drückt behutsam die Türklinke nach unten und schleicht sich hinein.

Die Geige ertönt aus einem hinteren Raum. Das Eidechsenkind geht durch den Korridor, wo rosa und gelbe Tücher an der Wand hängen. Auf dem orangen Linoleumboden liegen kleine Teppiche. In einer Ecke brennen Kerzen. Es riecht nach Lavendel und Kaffee. Das Eidechsenkind erreicht die halb offene Tür, hinter der die Musik gespielt wird. Es bückt sich, steckt den Kopf durch die Öffnung und sieht den Rücken einer schmächtigen Gestalt mit schlohweißem Haar, die im warmen Licht der Kerzen mit einer breiten und eleganten Armbewegung den Bogen führt. Der Körper schwingt zur Musik wie bei einem Tanz. Da das Eidechsenkind schon so oft durch die Wand der Geigenmusik gelauscht hat, weiß es, wie viele Schritte jedes einzelne Stück dauert und wann die Geigenspielerin eine Pause einlegt. Es kennt auch die Reihenfolge der Stücke, welches zuerst, welches zuletzt kommt, und ist so rechtzeitig bei der Tür, um unbemerkt die Wohnung zu verlassen.

Wenn die Geige für ein paar Minuten verstummt ist, weiß das Eidechsenkind, dass die Frau in ihrem knarrenden Rattansessel eingeschlafen ist. Es wartet noch eine Weile, bevor es zurückkommt. Es schleicht sich dann lautlos an die Geige heran, die an den Rattansessel angelehnt ist. Es fährt sanft mit den Fingern über das Instrument, hebt es behutsam auf und zupft vorsichtig an den Saiten, ohne die schlafende Frau zu wecken.

Das geht fast täglich so. Die Musik befiehlt dem Eidechsenkind die Schritte der Annäherung und des Rückzugs. Auch wenn die Dame immer völlig in die Musik versunken ist, hat sie wohl gemerkt, dass ein Schatten durch ihre Wohnung geistert, denn sie unterbricht in unregelmäßigen Abständen ihr Spiel, lauscht, streckt den Hals in den Flur, schaut manchmal auch in den Zimmern nach, bleibt stehen. Dann zuckt sie mit den Schultern und nimmt ihre Geige wieder zum Hals.

Das Eidechsenkind hat seine Tarnkunst aufs Äußerste perfektioniert. Es geht nie mitten durch den Raum, sondern immer an der Wand entlang, es kann regungslos in einem dunklen Winkel stehen oder mit angezogenen Beinen hinter einem Möbel sitzen und den Atem mehr als eine Minute anhalten.

Einmal ruft die Geigenspielerin dann doch singend in den Raum: »Wer bist du?« Da tritt das Kind langsam hinter ihr hervor. Sie mustert es von oben bis unten und blickt ihm mit einem Lächeln in die Augen. Dann legt sie die Geige an und spielt, als wenn nichts geschehen wäre. Das Eidechsenkind bleibt stehen, mit geschlossenen Augen die Musik in sich aufnehmend, für einmal gedankenlos und ohne Furcht. Nach kurzer Zeit hält die Dame inne und fragt das Kind nach seinem Namen. Es antwortet nicht. Die Dame spielt weiter. Als sie nach dem nächsten Lied fragt: »Und wie alt bist du?«, zeigt das Kind mit den Fingern, es sei zwölf. Das kann die Geigenspielerin nicht glauben. Sie sagt, das Kind sei so schmächtig und bleich, es sehe aus wie acht.

Von nun an wartet die Geigenspielerin auf das Eidechsenkind. Bevor sie mit dem Üben beginnt, fragt die Geigenspielerin das Kind aus und muss sich die Antworten zusammenreimen. Sie sagt, das sei alles unerhört. Sie schimpft über ihren Bruder, den Padrone, sie nennt ihn einen Ausbeuter. Sie stellt dem Kind eine Tasse heiße Schokolade hin. Das Eidechsenkind setzt sich auf den Fußboden und will lieber der Musik zuhören. Die Geigenspielerin sagt, sie spiele sonst nie mehr so schön. Sie erzählt dem Kind, sie habe früher Konzerte gegeben und mit einem satten Schwung gespielt, nicht so wie jetzt. Ihr Bruder Jakob sei immer der Chef gewesen. Sie dürfe jetzt im Haus wohnen und müsse keine Miete zahlen. Ihr Bruder verstehe rein gar nichts von Musik. Und er sei ein Sklavenhändler, der seine Arbeiter zu zehnt in eine Wohnung einpferche. Und Bernadette, ihre Schwägerin, sei eine Schlange und ihr Neffe Felix ein Trottel.

Wenn die Geigenspielerin weiß, dass ihr Bruder Jakob im Haus ist, öffnet sie die Tür und ruft laut in den Gang hinaus: »Pfui, pfui!«

Das Kind gibt der Geigenspielerin zu verstehen, es könne sich so verstecken, dass man es nicht finden kann.

»Gut«, lächelt die Geigenspielerin, »dann bist du jetzt mein Geheimnis.« Sie legt die Geige auf den Tisch und blickt das Eidechsenkind an: »Du hast so ein Funkeln in den Augen. Bist du denn nicht traurig, hast du keine Angst?«

Das Eidechsenkind schüttelt den Kopf und hält einen Finger vor dem Mund, um anzudeuten, es könne stumm sein wie eine Eidechse. Die Geigenspielerin schaut ihm nickend zu. Sie sagt, sie sei schon alt. Schwellungen und Knoten an den Händen plagten sie. Das sei die Gicht, erklärt sie dem Kind, damit werde das Spielen für sie immer schwieriger. »In Ripa nehmen wir Sanguisuga«, sagt das Eidechsenkind. Es erzählt ihr auf seine Art von Nonna Assunta, die jetzt aber nicht mehr lebe. Sie sei bis zum kleinen Sumpfsee oberhalb von Ripa hinaufgestiegen und habe die Blutegel in einen Eimer gesammelt. Am Abend seien die Leute zu ihr gekommen und sie habe ihnen die Blutegel auf die schmerzgeplagten Stellen gelegt. »Sie nehmen das kranke Blut weg«, weiß das Eidechsenkind. Dann erzählt es von seinem Cousin, der den Blutegeln den Kopf abbeiße, und es habe einen Großvater mit dem Namen Eraldo gehabt, der auch Geigenspieler war.

»Du sprichst so lustig und wirr«, sagt die Geigenspielerin.

Wenn sie nicht mehr spielen mag, erzählt sie immer wieder die Geschichte vom kleinen Prinzen. »Stell dir vor, der kleine Prinz fliegt von Planet zu Planet. Er ist ein bisschen wie du.« Die Geigenspielerin kann lebhaft erzählen. Sie ahmt mit erhabener Stimme nach, wie der König seine Befehle ausspricht, sie reibt sich fest die Nase, damit sie rot wird wie die des Säufers, und sie holt ein dickes Buch aus dem Regal und blättert darin wie der Geograf. Das Eidechsenkind, die Augen weit aufgerissen und regungslos wie sonst nie, hängt an ihren Lippen. Es sagt: »Noch mehr, bitte, besuchen wir noch mehr Planeten!«

Irgendwann lässt sich die Geigenspielerin in ihren Rattansessel fallen und seufzt: »So, jetzt bist du an der Reihe.« Das Eidechsenkind heitert sie herumhüpfend mit Geschichten aus Ripa auf. Es erzählt ihr noch mehr von den Blutegeln und dass Nonna Assunta in der Küche den Hühnern den Kopf abgehackt und dann der geköpfte Rumpf noch eine Runde um den Tisch gedreht habe. Das Eidechsenkind hebt das Leibchen über den Kopf und rennt einmal um den Tisch. Die Geigenspielerin muss sich an den Armlehnen festhalten, damit sie vor Lachen nicht vom Stuhl fällt.

11

Das Mädchen hat einen feingliedrigen Körperbau. Am auffälligsten sind die kleinen Augen unter dem Pony, der im Gegenlicht rot leuchtet. Sie heißt Emmy. Das Eidechsenkind beobachtet sie mehrere Tage lang ganz gebannt aus dem Dunkeln seiner Treppenhausverstecke. Mitten im Spiel sondert sich Emmy von den anderen Kindern ab, zieht ihre Schuhe aus, setzt sich mit dem Gesicht zur Wand und erfindet Reime. Das Eidechsenkind lauscht ihrer heiseren Stimme. Emmy hüpft minutenlang auf einem Bein treppab und treppauf, dann wieder sitzt sie auf der Stufe und will mit niemand sprechen.

Wenn Emmy ganz allein sein will, steigt sie in die Waschküche hinunter. Dort kann sie ihre Reime ganz laut aussprechen: »Eins, zwei, drei, vier, füf, sechs, siba, wo isch üsa Hansli bliba …« Das Eidechsenkind ist ihr gefolgt. Mit lautlosen Schritten schleicht es sich an sie heran.

»Kannst du auch Schritte zählen?«, fragt es das Mädchen.

»Ich zähle nicht, das sind Reime«, antwortet Emmy.

»Ah, ich weiß. Manina piazza, qui c'è passata una lepre pazza …«

»Wo hast du den gelernt?«, fragt Emmy sichtlich erstaunt.

»Von Nonna, meine Großmutter, aber sie ist tot.«

»Wie alt bist du denn?«, lächelt Emmy dem Eidechsenkind zu.

Das Eidechsenkind zählt zuerst mit der linken die fünf Finger der rechten Hand ab und dann dasselbe mit der anderen Hand, und am Schluss fügt es noch zwei Finger hinzu.

»Nur ein Jahr älter als ich«, sagt Emmy und blickt gelassen in die entflammten Augen ihres Gegenübers, die unruhig nach allen Seiten Ausschau halten.

»Wohnst du schon lange hier?«, fragt Emmy.

»Ich bin aus Ripa gekommen«, antwortet das Eidechsenkind, »darf niemand wissen.«

»Wo ist Ripa?«

»Ganz weit weg, eine Nacht, ein Tag mit dem Zug.«

»Fährst du oft dorthin?«

»Zu gefährlich.«

»Ich bin neu hier«, sagt schließlich Emmy, »es gefällt mir nicht.«

Sie zupft eine farbige Kreide aus ihrer Hosentasche, zeichnet geschickt viereckige Felder auf den Boden und erklärt dem Eidechsenkind, das Spiel heiße Himmel und Hölle. Dann holt sie aus derselben Tasche einen Stein heraus und wirft ihn auf das dritte Feld. Sie stellt sich auf das rechte Bein und beginnt zu hüpfen.

»Machst du mit?«

»Ich kann Schritte zählen«, meint das Eidechsenkind etwas abschätzig, »aber du darfst nicht auf den Fußboden malen, der Hausmeister macht Ärger.«

Emmy zuckt mit den Achseln und hüpft weiter. Sie ist vor einem Monat mit ihren Eltern in die leere Wohnung im dritten Stock eingezogen.

Das Eidechsenkind erkennt schon ihre Schritte im Treppenhaus. Emmy geht in die vierte Klasse. Sie zeigt dem

Eidechsenkind ihre Schulsachen. Sie hat eine hässliche Schrift und sagt, sie gehe nicht gern zur Schule, obwohl sie in diesem Jahr schon drei Mal eine Sechs geschrieben habe. Sie hat auch Turnen, da sei sie ziemlich die Beste, vor allem im Hochsprung, einen Meter habe sie geschafft.

Das Eidechsenkind erzählt in seiner Comicsprache vom Eidechsendasein.

»Wieso sprichst du so komisch?«, fragt Emmy.

»Indianersprache«, antwortet das Eidechsenkind. Es sagt, es lebe versteckt, es dürfte nicht hier sein, es gehe nicht zur Schule, aber es wisse trotzdem viele Dinge. Emmy scheint das alles nicht zu erstaunen. Sie erzählt von ihrer Lehrerin, einer dummen Ziege, und von ihren Klassenkameraden, auch alle doof. Sie sagt, sie müsse sich trotzdem Mühe geben, weil sonst die Mutter mit dem Vater rede, und dann drohten Strafen. Das Eidechsenkind behauptet, die Schule sei unwichtig, ein gutes Versteck zu haben sei viel besser.

12

Während der Woche wartet das Eidechsenkind den ganzen Tag, bis Emmy von der Schule zurückkommt. Es darf dann zu ihr in die Wohnung, weil Emmys Mutter immer bei der Arbeit ist und der Vater nach dem Feierabend lange in der Kneipe sitzt. Er hat das Bier dort so gern und bekommt nie genug davon.

Emmy packt ihre Schulsachen aus. Manchmal verwahrt sie für das Eidechsenkind den Apfel, den alle Kinder in der Pause bekommen. Oder sie bringt die kleine orange Tablette mit, die der Lehrer in der Klasse verteilt, damit die Zähne der Kinder gesund bleiben. Sie zeigt dem Eidechsenkind ihre Hefte, sie gibt ihm einen Bleistift, damit es mitschreiben und mitrechnen kann. Auf dem Umschlag eines in kariertem Papier eingefassten Hefts steht »Heimatkunde«. Emmy schlägt es auf und zeigt dem Eidechsenkind einen Stadtplan, den die Kinder selber in der Schule gezeichnet und ausgemalt haben. »Wir wohnen hier«, sagt Emmy und zeigt mit dem Finger auf einen roten Punkt. Weiter hinten im Heft hat die Lehrerin ein Blatt mit lauter Abbildungen von Bergspitzen eingeklebt. Emmy hat sie alle ausgemalt, unten braun und grün, die Spitzen hat sie weiß gelassen, und sie hat die Namen der Berge und deren Höhe mit Bleistift hingeschrieben. Sie sagt, sie habe einen Onkel, der von Beruf Bergsteiger sei. Deshalb hat sie im Heimatkundeheft unter den ausgemalten Bergspitzen ein Foto eingeklebt, auf dem man Onkel Otto mit einem Bergseil um die Schultern und einem Eispickel in der Hand am Rande eines Felsabgrunds sieht. Sie erzählt dem Eidechsenkind, wie Onkel Otto ihr immer etwas Schönes aus den Bergen mitbringe, Kristalle, Edelweiße oder im Winter Eiszapfen.

Das Eidechsenkind springt vom Stuhl und klettert flink auf den Schrank. Emmy lacht und sagt, wie solle sie da nur die Aufgaben machen. Das Eidechsenkind steigt wieder herunter und sagt, es wolle auch die anderen Hefte sehen. Nichts Aufregendes bietet das Deutschheft, wo Emmy langweilige Sätze aufschreiben muss, »Das Brot gehört dem Bäcker, die Brote gehören den Bäckern ...«. Das Eidechsenkind spircht die Sätze nach. An manchen Stellen hat die Lehrerin etwas Rotes hingekritzelt, das kann das Eidechsenkind nicht entziffern. Emmy erklärt, das bedeute einfach, dass sie den blöden Satz nochmals abschreiben müsse. Dann holt sie das Diktatheft hervor, und da gibt es ganz viel rotes Gekritzel. Emmy sagt, beim Diktat könne sich die Lehrerin fürchterlich aufregen. Wenn man sie zu oft frage, ob sie bitte den Satz nochmals wiederhole, fliege ihr Schlüsselbund durchs Schulzimmer und die Kinder müssten rechtzeitig die Köpfe einziehen. Schnell wird es Abend, und Emmy hat erst zwei der fünf Satzrechnungen gelöst. Das Eidechsenkind kann bleiben, weil Emmys Eltern noch nicht zurück sind. Sie geht mit ihm in die Küche, schneidet zwei Scheiben Brot ab, streicht eine dicke Schicht Butter drauf und zieht die Schnitte zwei, drei Mal über einen mit Zucker gefüllten Teller, bis man die Butter nicht mehr sieht. »Los«, sagt sie. Sie gehen ins Wohnzimmer. Emmy schaltet den Fernseher ein. Sie setzen sich hin und essen genüsslich ihr Zuckerbutterbrot.

An einem Abend nimmt das Eidechsenkind Emmy mit in sein Versteck auf dem Dachboden. Emmys Mutter kommt nach Hause und sucht nach ihr. Sie ruft »Emmy, wo bist du?« ins Treppenhaus hinein. Sie klingelt an alle Wohnungstüren. Die Mutter des Eidechsenkindes ist die Einzige, die sie reinlässt. Sie unterhalten sich in der Küche. Emmys Mutter muss langsam sprechen, alles mehrmals wiederholen, damit sie verstanden wird. Als der Vater nach Hause kommt, ist er sehr freundlich, redet auf einmal verstellt, weil Emmys Mutter so anders ist als die Gastarbeiterfrauen, größer, schlanker, und sie trägt Hosen.

Wenn Emmys Vater die Treppe hochtorkelt, ist es draußen schon dunkel. Das Eidechsenkind treibt sich meistens noch im Treppenhaus herum. Es riecht seine Alkoholfahne. Vor der Wohnungstür muss er mehrmals mit dem Arm ausholen, bevor er den Klingelknopf findet. Manchmal gibt er auf und klopft. Seine Frau macht nicht auf. Emmys Vater schlägt dann mit der Faust an die Tür, aber vergebens. Er muss die ganze Nacht im Treppenhaus liegen, bis er wieder nüchtern ist. Er kauert dann auf dem Boden, er singt, flucht und weint. Einmal alarmiert Alfons Beeri die Polizei. Die Beamten versuchen, mit Emmys Vater zu sprechen. Dann nehmen sie ihn zur Ausnüchterung in die Zelle mit.

Das Eidechsenkind setzt sich zu Emmys Vater, der so einsam und betrunken im dunklen Treppenhaus liegt, und schaut ihm in das aufgedunsene Gesicht. Emmys Vater stiert mit traurigen grauen Augen zurück, denkt wohl, das Kind sei ein Traumwesen.

13

Die beiden Kinder reden miteinander und spielen stundenlang Verstecken. Emmy bewegt sich dabei wie ein Kobold. Ihr Kopf dreht sich hin und her, ihre Augen leuchten. Nachdem sie bis dreißig gezählt hat, schaut sie unters Bett, in den Schrank, schreitet langsam durch die Wohnung, sucht hinter den Türen, in der Badewanne, überall, aber sie kann das Eidechsenkind nur selten finden. Noch schwieriger wird es, wenn sie draußen im Treppenhaus spielen. Emmy muss dann in den Keller oder in die Waschküche steigen, obwohl sie sich vor der Dunkelheit fürchtet. Einmal hat sich das Eidechsenkind mit der Wäsche in der Wäschetrommel eingehüllt, aber Emmy hat es nicht gefunden.

Sie darf kein Licht machen, sonst gilt das Spiel nicht. Sie spürt auf dem Gesicht die Spinnennetze, die von der Decke hängen. Sie tastet alles ab. Nach langem Suchen ruft sie das Eidechsenkind beim Namen. Sie kann nicht glauben, dass es sich ganz lautlos an sie heranschleichen kann. Kaum hat sie es endlich entdeckt, rennt es schon wieder los, Emmy hinterher, überholt es, eilt ihm einen Moment lang voller Eifer voraus, bis sie sich umdreht und das Eidechsenkind schon wieder verschwunden ist. Es lauert in der Ecke, sieht Emmys rotes Haar, die blauen Augen im runden Gesicht, die trotzigen Lippen. »Ich werde ja nie gewinnen«, meint Emmy resigniert, als das Eidechsenkind

plötzlich vorspringt, sie habe keine Lust mehr, Verstecken zu spielen.
Im Sommer füllt sich Emmys Gesicht auf der Nase und den Wangen mit Hunderten Sommersprossen, weswegen sie in der Schule gehänselt wird. Das Eidechsenkind sagt, es habe früher in Ripa Wespen gejagt und hier im Haus schon Mäuse getötet.

Es zeigt Emmy einen Schlüssel, den es heimlich aus einer Wohnung mitgenommen hat. In der Nacht soll Emmy mitkommen, den kalten Jungen besuchen. Nach Mitternacht steckt das Eidechsenkind leise den Schlüssel in die Tür. Die beiden Kinder schleichen durch die Wohnung und finden den kalten Jungen in seinem Bett. Als er Emmy sieht, fängt er laut an zu schreien. Das Eidechsenkind verkriecht sich blitzschnell unter dem Bett, die Mutter des kalten Jungen kommt hereingestürzt. Emmy steht da wie erstarrt. Das Eidechsenkind sieht, wie ihre Beine zittern, es hört, wie die Mutter den kalten Jungen beruhigt. Sie schreit Emmy an, was sie denn hier mache. Sie packt sie am Arm und geht mit ihr hinaus. Das Eidechsenkind kriecht hervor, schaut den kalten Jungen kurz an und macht sich davon.

Ihren Eltern kann Emmy nichts erklären. Sie bekommt Schläge von ihrem Vater. Alfons Beeri eilt herbei, Kuschdohära bellt im Erdgeschoss. Das Eidechsenkind hält sich im Kasten auf dem Treppenabsatz des zweiten Stocks versteckt und kann alles hören.

Als es im Haus wieder still geworden ist, schleicht sich das Eidechsenkind zu Emmy. Sie öffnet ihm leise die Tür. Sie hat eine aufgeplatzte Lippe. Das Eidechsenkind spuckt auf seinen Ärmel und wischt Emmy das verkrustete Blut von den Mundwinkeln. Es erklärt ihr, es müsse von nun an wieder allein unterwegs sein. Im Notfall könne es nur für sich selbst schauen.

14

Seit das Eidechsenkind Emmy hat, geht es nur noch selten zur Geigenspielerin. Es hört aber jeden Tag ihre Musik. Einmal steht die Frau spät am Abend auf dem Treppenabsatz und spielt Geige. Das Eidechsenkind streckt einen kurzen Moment den Kopf aus der Tür und sieht in das lächelnde, abwesende Gesicht. Auch die anderen Türen gehen auf, und die Hausbewohner treten einer nach dem anderen ins Treppenhaus. Kuschdohära bellt kurz. Das Eidechsenkind zieht den Kopf wieder ein. Die Tür fällt ins Schloss. Draußen klingt die Geigenmusik aus. Eine Weile noch ist es ganz still im Haus.

»Ich bin jetzt schon alt«, sagt die Geigenspielerin zum Eidechsenkind, als sie mit unbeholfenen Schritten über die Schwelle vom Korridor zum Wohnzimmer geht und sich mit einer Hand an der Wand abstützt, »ich habe solche Schmerzen im Arm und in den Händen, dass ich fast nicht mehr spielen kann.«

Dann kommt der Padrone vorbei, Bernadette begleitet ihn. Ihr Parfum ist in der ganzen Wohnung zu riechen und vermischt sich mit dem Lavendelduft ihrer Schwägerin. Sie sitzen im Wohnzimmer. Das Eidechsenkind bleibt nebenan versteckt und drückt das Ohr an die Wand. Dühr will seine Schwester überreden, in ein Heim zu gehen, wo sie mit anderen alten Leuten zusammen sein kann und sich um nichts mehr kümmern muss. Bernadette pflichtet ihm bei. Die Geigenspielerin will nicht. Sie wirft ihrem Bruder alles Mögliche vor, er nütze seine Arbeiter aus, er sei herzlos, er sei ein schlechter Vater, und sogar andere Kinder müssten unter seinem rücksichtslosen Profitdenken leiden. Das Eidechsenkind wagt sich bis an den Türrahmen heran. Was Kinder nun bitte mit dieser Sache zu tun hätten, gibt Dühr noch lauter zurück. Seine Schwester lässt sich nicht einschüchtern, sie zeigt ihm die Faust. Da greift Dühr in seiner Rage nach der Geige und schmettert sie mit voller Wucht gegen die Wand, wohl ziemlich genau dorthin, wo auf der anderen Seite das Ohr des Eidechsenkindes geklebt hat. Bernadette will die Geige aufheben, aber Dühr, außer sich vor Wut, packt seine Frau an den Haaren und das Kind hört, wie die Tür zuschlägt und die wutentbrannte Stimme des Padrone im Treppenhaus nachhallt. Es rennt ins Wohnzimmer. Die Geigenspielerin steht wie eine Salzsäule da.

Sie setzt sich stumm in ihren Rattansessel und starrt auf die lädierte Geige. Das Eidechsenkind will sie ihr immer wieder geben, aber die alte Dame lehnt mit einer Grimasse ab, wie ein Kind, das nicht essen will. Als das Eidechsenkind nicht mehr weiß, was es sagen soll, nimmt die Geigenspielerin seine Hand, schaut ihm in die Augen, zieht es zu sich herunter und küsst es flüchtig auf die Wange. Dann steht sie mit großer Mühe auf, nimmt ihren Gehstock und spaziert in Richtung Küche, ohne zu wissen, was sie dort eigentlich suchen soll.

15

In Ripa wissen sie immer noch nichts vom Eidechsendasein des Kindes. Am Telefon fragt die Zia, wie es ihm gehe, weshalb es nie mit dem Vater nach Ripa komme, es könnte doch sicher schon beim Hausbau mithelfen.

Dann kündigt Tante Melinda, die Schwester des Vaters, ihren Besuch an. Eines Dezembermorgens läutet sie an der Tür. Der Vater weiß nicht, wie er sie empfangen soll. Tante Melinda überspielt das mit ihrem Temperament. Sie ist eine aufgeschlossene Frau mit eleganten, selbst genähten Kleidern und hohen Absätzen. Der Vater sagt: »Du wirst frieren.«

Tante Melinda geht auf die Mutter zu, küsst und umarmt sie. Sie fragt nach dem Kind. Die Mutter sagt, es sei in seinem Zimmer, es wolle nicht herauskommen, es habe keinen Sinn, es zu drängen. Tante Melinda schaut die Mutter fragend an, lacht dann aber auf: »Er ist wohl schüchtern wie sein Vater, der Kleine, ich bleibe ja eine Weile, er wird schon kommen.« Sie setzen sich in die Küche und beginnen zu plaudern. Die Mutter geht immer wieder ins andere Zimmer. Erst am Nachmittag kann sie das Eidechsenkind aus seinem Versteck locken. Es tritt vor Tante Melinda. Es hält den Kopf gesenkt, macht unbestimmte Armbewegungen und will nichts sagen.

Tante Melinda fragt: »Was ist mit ihm?«

»Nichts«, antwortet die Mutter, »du hast keine Vorstellung, was wir alles durchmachen.«

Tante Melinda umarmt das Eidechsenkind, das ganz steif bleibt. Die Tante sagt, sie werde zwei Wochen bleiben, und das Kind und sie könnten viel zusammen unternehmen. »Das geht nicht«, sagt die Mutter, »und er will auch nicht rausgehen. Am besten wäre es, du nähmst ihn mit nach Ripa, ich komme dann nach, sobald es geht.«

Draußen beginnt es zu schneien, und es hört nicht auf, den ganzen Nachmittag nicht. »In Ripa ist es nie so kalt«, beklagt sich Tante Melinda. Das Eidechsenkind öffnet das Fenster und streckt die Hand hinaus. Dicke Flocken fallen auf seine Handfläche. Es sagt, der Schnee mache alles still. Dann hält es schnell auch den Kopf aus dem Fenster und versucht, mit der Zunge ein paar Schneeflocken aufzufangen. Die Mutter sagt: »Komm da weg«, und schließt das Fenster.

Das Eidechsenkind riecht an Tante Melindas Haar. Sie schaut die Mutter fragend an. Das Eidechsenkind nimmt eine Plastikblume aus der Vase und steckt sie Tante Melinda hinters Ohr. Tante Melinda lacht. Im Innenhof hat Alfons Beeri bereits seine liebe Mühe, mit dem ganzen Schnee fertigzuwerden.

Tante Melinda hat nun wirklich keine passenden Schuhe und fürchtet, auf der vereisten Gasse auszurutschen. Deshalb bleibt sie zu Hause. Sie redet stundenlang mit der Mutter. Als Schneiderin kann sie alle Hosen und Hemden flicken. Sie näht sogar ein Kleid für die Mutter. Wenn Tante Melinda dabei die Nadeln zwischen den Zähnen hält, muss das Eidechsenkind lachen, weil sie so komisch redet, damit sie die Nadeln nicht verschluckt. Tante Melinda sagt, ein schönes Kleid zu tragen, sei eine Frage der Selbstachtung. Beim Essen faltet sie die Serviette zu einem Fächer und hält die Gabel zwischen Zeige- und Mittelfinger. Sie ermahnt das Kind, aufrecht zu sitzen, es soll nicht rülpsen und nicht mit vollem Mund reden.

Tante Melinda nimmt den Plattenspieler wieder in Betrieb. Wahllos legt sie Platten auf und singt fröhlich mit. Das Eidechsenkind ist ganz Ohr. Sie hören den ganzen Plattenstapel durch. Über ihre Brille hinweg blickt Tante Melinda prüfend auf das Kind, das die Augen geschlossen hält. »Woran denkst du?«, fragt sie. Das Kind sagt, der Wind blase das Segel auf, und das Boot schieße dahin, pflüge sich durch die Wellen. »Du träumst, auch wenn du wach bist?«, staunt Tante Melinda. »Du bist ein so trauriges Kind.« Sie sagt, das Leben sei für alle eine mühsame Angelegenheit. Sie habe einmal einen Verlobten gehabt, zwar nur einen einzigen, der ging nach Amerika und gab ihr das Versprechen, als reicher Mann zurückzukommen. Sie habe lange auf ihn gewartet. Zwei Briefe habe er geschrieben, dann nichts mehr.

An einem Nachmittag sitzt Tante Melinda mit der Mutter in der Küche und hält eine Zigarette zwischen den Fingern. Das Eidechsenkind lehnt an der Wand und sieht auf Tante Melindas Hände. Es erinnert sich, wie sie zu Nonna Assunta kam, um ihr im Haushalt zu helfen. Sie war noch sehr jung. Dieselben Hände, die jetzt die Zigarettenasche von der Tischplatte wegwischen, packten das Kaninchen an den Füßen. Das Tier mit dem Kopf nach unten zuckte und zappelte, aber Tante Melinda hielt es mit der linken Hand fest. In der anderen Hand hatte sie die Eisenstange. Sie holte aus und schlug mit voller Wucht dem Kaninchen damit zwischen die Ohren. Das Tier zuckte noch ein paar Mal, und ein roter Faden lief ihm aus der Nase und den Ohren heraus, bevor Nonna Assunta es über dem Lavabo an einer Schnur aufhängte. Mit ein paar geschickten Schnitten schlitzte sie das Tier auf und nahm die Gedärme heraus.

Genauso rot färbt sich Tante Melindas Gesicht, als der Padrone einmal vorbeikommt. Das Eidechsenkind verschwindet schon aus der Küche, als es an der Tür läutet. Tante Melinda hat längst gemerkt, dass es vom anderen Raum durch die Ritzen in die Küche späht. Vom Padrone ist sie äußerst angetan. Sie sagt, in Ripa würde man solche Männer bitter nötig haben, Männer, die es zu etwas bringen. Als er gerade gehen will, täuscht sie ein Unwohlsein vor (vielleicht ist ihr ja auch wirklich etwas schwindlig) und lässt sich fallen. Genau in die Arme des Padrone, der sie auf die Holzbank bettet. Die Mutter fächelt ihr mit einer Zeitung Luft zu. Tanta Melinda sagt: »Nichts, es ist nichts, danke«, indem sie den Arm des Padrone umklammert. Jakob lächelt sichtlich verlegen, und es muss die Mutter dazwischenkommen, um den Arm des Padrone von Melindas Griff zu befreien.

Weil Tante Melinda vielleicht auf eine zweite Begegnung mit dem Padrone gewartet hat, sind aus den zwei Wochen dann vier geworden. Aber jetzt will sie zurück nach Hause. Sie sagt: »Ich nehme das Kind mit.«

Aber der Blick des Eidechsenkindes verrät es schon. Es ist nicht da, es sitzt im Boot in seinem Kopf. Es stürmt. Die Segel knattern und schlagen wild. Die Schultern des Eidechsenkindes zittern. Es faucht Tante Melinda an, als sie die

Hand nach ihm ausstreckt. Es hämmert mit den Fäusten auf den Küchentisch, bis es Blutflecken hat. »Das ist ungeheuer«, meint Tante Melinda, »was macht ihr nur mit dem Kind.«

»Nichts«, kommt die Mutter dazwischen, »wir machen nichts, du siehst es selber, es will nicht mitkommen.«

»Ihr müsst mit ihm zum Arzt«, sagt Tante Melinda.

»Ich habe es dir doch gesagt, niemand hier weiß, dass es das Kind gibt«, weint jetzt die Mutter, »wir kehren bald heim, alle drei.«

Am nächsten Tag weinen Tante Melinda und die Mutter gemeinsam, sie umarmen sich, und der Vater sagt, man müsse sich beeilen. Er geht mit Tante Melindas Koffer voraus, und dann ist auch Tante Melinda weg.

16

Das Eidechsenkind darf erstmals auf ein Fest gehen. Die Mutter hat lange gezögert, aber Carlos' Mutter hat sie beruhigt: »Es sind alles Leute wie wir, du musst keine Angst haben, dem Kind tut es gut, wenn es einmal unter Leuten ist.«

»Ich weiß«, sagt die Mutter, »nur was sollen wir sagen, wenn jemand etwas auffällt?«

Das Fest ist für die Tochter, Esmeralda, die vor ein paar Monaten aus Spanien zurückgekehrt ist und sich frisch verlobt hat. Sie ist neunzehn Jahre alt und erwachsen. Die Mutter hat dem Eidechsenkind neue Kleider gekauft. Es wollte nicht mitkommen, aber die Mutter hat gesagt: »Wir bleiben ja im Haus, Carlos ist auch da, es sind alles liebe Leute.«

Das Eidechsenkind bleibt bei der Mutter, die Carlos' Mutter in der Küche hilft. Andere Frauen gesellen sich dazu. Sie reden Spanisch. Die Mutter lacht, weil sie nicht alles versteht. Sobald sich die Gelegenheit bietet, schleicht Carlos sich zum Herd, pickt etwas aus der Pfanne und verschlingt es. Dann schaut er scheinheilig drein, steckt sich eine Olive in den Mund und spuckt den Kern in die Handfläche. Seine Mutter trocknet sich die Hände an der karierten Schürze und ruft: »Raus mit dir!«

Manchmal fragen die Frauen das Eidechsenkind etwas. Carlos' Mutter übersetzt, aber es gibt keine Antwort. Seine Mutter sagt: »Er ist so schüchtern, er redet nie.«

»Aj, pobrecito!«, lachen die Frauen.

Auch Esmeralda hilft beim Kochen. Die Frauen staunen, wie sehr sie sich verändert hat. »Sie war doch vor Kurzem noch ein Kind«, sagen sie im Chor. Esmeralda hat jetzt breite Hüften und einen großen Busen. Sie steht barfuß in der Küche. Sie wirft ihr volles schwarzes Haar von einer Seite auf die andere und klemmt es mit einer schnellen Bewegung hinter die Ohren. Sie lächelt das Eidechsenkind an. Es schaut weg, zuckt zusammen, wenn jemand die Küche betritt, hat ständig die Türklinke im Auge.

Auch die anderen Kinder reden Spanisch. Manchmal stecken sie den Kopf in die Küche, um zu sehen, ob das scheue Kind immer noch in der Ecke steht. »Das Essen ist noch nicht fertig, geh mit ihnen spielen«, sagt Carlos' Mutter zum Eidechsenkind, »nimm Carlos mit.« Also steigen Carlos und das Eidechsenkind mit den anderen Kindern in den Hof hinunter. Sie spielen und toben, wollen gar nicht mehr aufhören. Das Eidechsenkind springt von der Mauer, die es sonst vom Fenster aus sieht. Manchmal hält es inne und schaut sich um, verwundert, dass nirgends eine Gefahr lauert.

Carlos vergisst sich so sehr im Spiel, dass er einen Asthmaanfall hat. Er sagt, er müsse sofort sein Medikament nehmen, sonst ersticke er. Das Eidechsenkind nimmt ihn bei der Hand und zieht ihn die Treppe hoch. Oben in der Wohnung sitzen die Erwachsenen bereits am Tisch. Sie essen und plaudern, genießen die Canelloni von der Mutter. Die Kinder laufen rein und raus. Das Eidechsenkind steht wieder in der Küche. Die Frauen tun jetzt so, als bemerkten sie es nicht. Die Mutter sagt dem Kind: »Du kannst doch nicht immer da stehen. Die anderen Leute finden das komisch.«

Esmeralda ist für die Zubereitung der Bouillon zuständig. Das Eidechsenkind schaut zu, wie sie die Haut des Huhns mit einem Messer abreibt und es dann ins kochende Wasser legt, wie sie das Gemüse, die Zwiebeln, den Sellerie und die Karotten in Scheiben schneidet. Sie schaut das Eidechsenkind an: »Du hast so riesige Augen.« Und dann sagt sie: »Was ist denn mit dir?« Als sie sich gerade einen Stuhl heranziehen will, kommt ihr Verlobter, ein Landsmann, der aber im Gastland geboren und aufgewachsen ist und mit dem sie die Mutter verkuppelt hat. Er sei für Esmeralda die beste Wahl, weil er hier schon gut Fuß gefasst habe und kein Gastarbeiter sei. Er heißt Diogo. Als das Eidechsenkind ihn in der Sprache reden hört, die auch der Padrone und Beeri und die Capitana sprechen, wird es ganz steif und drückt sich gegen die Wand.

Carlos' Mutter bittet erneut zu Tisch. Diogos Teller wird von allen Seiten immer wieder von Neuem gefüllt. Die Männer schlagen ihm auf die Schulter. Erst nach dem dritten Glas Wein wird er geselliger. Er sagt: »Bevor wir heiraten, wollen wir etwas von der Welt sehen.«

Dann schielt er in die Küche und ruft: »Was macht das Kind dort allein, will es nicht essen?« Von Angst gepackt schnellt das Eidechsenkind aus der Ecke heraus, stürzt sich unter den Tisch und verbeißt sich in Diogos Wade. Der versucht, das Kind abzuschütteln. Mit den Händen klammert sich das Kind an das Stuhlbein. Die Frauen schreien entsetzt. Die Männer schauen verdutzt. Carlos' Mutter hält mit beiden Händen den Stuhl, der von Diogo mitgeschleift wird. Die Mutter packt das Kind am Nacken und schreit: »Lass los, lass los!« Endlich öffnet das Kind den Mund. Diogo zieht das Bein aus der Klemme. Die Mutter nimmt all ihre Kraft, hebt das entfesselte Kind hoch, hält es fest. »Scusate, scusate…«, weint sie und rennt mit dem Kind, das an ihrem Arm stampft und tobt, aus der Wohnung.

17

Dühr steht wieder einmal in der Küche. Er tobt aber nicht und ist seltsam gelb im Gesicht. Er sagt, er müsse sich allein mit dem Vater unterhalten. Von seinem Zimmer aus späht das Eidechsenkind gespannt durch das Loch in der Wand. Dühr spricht ungewohnt leise. Er sagt dem Vater, er könne für eine Weile nicht auf die Baustelle gehen, er habe ein Problem, er sei krank, und zeigt mit dem Finger zwischen seine Beine. Das sei jetzt doch eine verdammt dumme Sache, sagt er etwas lauter, der Vater könne sich vorstellen, wie Bernadette gewettert habe, sie habe sogar mit Scheidung gedroht. So etwas sei ihm wirklich noch nie passiert, fügt Dühr nachdenklich hinzu. Für eine Weile sei jetzt Schluss mit der Weiberei, das beiße da unten, das könne sich der Vater nicht vorstellen. Der Vater müsse eine Zeit lang auf der Baustelle zum Rechten schauen. Er mache ihn zum Capomastro, das sei doch etwas. Er vertraue dem Vater, er schicke auch noch Felix, so lerne der endlich etwas. Ein paar Wochen werde das dauern, und dann sei er wieder da. Der Vater sagt wie immer, Dühr müsse sich keine Sorgen machen. Er lacht: »Zu viel *amore,* Jakob.«

Dann fragt der Vater, ob er als Capomastro mehr Lohn bekomme.

Dühr explodiert. »Ihr wollt alles, du bekommst ja schon genug, Capomastro werden ist doch auch schon was!« Er geht lautstark in der Küche hin und her. Das Eidechsenkind kann das Zittern der Wand an seiner Schläfe spüren.

Als Baumeister muss der Vater nun viele Überstunden leisten. Am Abend legt er sich in die Badewanne, um sich den Staub und den Schmutz der Baustelle abzuwaschen. Dann setzt er sich grimmig an den Küchentisch und wartet auf das Essen. Er schaut in den Teller und führt Selbstgespräche. In Ripa würden die Jungen im Alter des Kindes bereits mit ihren Vätern auf die Baustelle gehen. Er selber habe immer hart gearbeitet, und es sei ihm nichts geschenkt worden. Von morgens bis abends Backstein um Backstein hochmörteln oder in einem Erdloch herumschaufeln, ohne einen einzigen Tag krank zu sein, außer einmal, als er sich das Schlüsselbein gebrochen habe, das solle ihm mal jemand nachmachen. Er schaut das Kind an und fragt, was nur aus ihm werden solle. Die Mutter ruft: »Lass ihn!« Der Vater schreit: »Nein, ich lasse ihn nicht! Wir wollten ja nicht, dass es so weit kommt, er hat auch alles schlimmer gemacht.« Die Mutter hebt die Kelle in die Luft und droht nochmals: »Lass ihn!«

Immer, wenn der Vater keinen Ausweg weiß, tritt er so fest gegen den Fernseher, dass Alfons Beeri den Kasten im Eingangskorridor öffnen und eine neue Sicherung einschrauben muss. Und schon steht er vor der Tür und flucht, was diese Tschinggen immer herumzutoben hätten. Der Vater verschwindet mit geballten Fäusten ins Treppenhaus. Die Mutter muss dazwischengehen und ihn zurückholen. In der Wohnung geht der Streit zwischen der Mutter und dem Vater weiter. Jetzt ist die Mutter wütend, sie öffnet die Kredenz und wirft Teller und Gläser auf den Boden. Das Eidechsenkind ist nicht mehr da.

18

»Senza offesa, Professore, senza offesa«, flüstert die Mutter in geduckter Stellung und überreicht dem dürren Herrn mit dem vollen grauen Haar im zweiten Stock ein Stück selbst gemachte Focaccia.

»Ein so feiner Herr«, sagt sie dem Vater, als sie wieder in der Küche steht.

»Der weiß vor allem über alles Bescheid«, fügt der Vater hinzu. Er hat schon oft den Padrone gefragt, weshalb um Herrgotts willen ein so vornehmer Herr hier im Haus lebe.

»Bah«, antwortet Dühr, »ein alter Spinner ist das.«

Von Neugier getrieben, lauert das Eidechsenkind dem Professore auf, der nie die Wohnung abschließt. Sobald der alte Mann aus dem Haus gegangen ist, betritt das Eidechsenkind seine Wohnung, wo ihm als Erstes ein stechender Geruch nach feuchtem Papier entgegenströmt. Das Eidechsenkind rümpft die Nase. Es schaut sich um und bleibt verblüfft zwischen den Regalwänden des Korridors stehen, die bis zur Decke mit Büchern vollgestellt sind. Bisher hat das Eidechsenkind nur selten Bücher gesehen, und wegen der vielen Buchstaben haben sie es auch nie besonders interessiert. In der Wohnung des Professore wird es aber von den Büchern schier überwältigt. In den Zimmern, in der Wohnstube, sogar in der Küche, überall sind sie aufgestapelt, am Boden ausgebreitet, haufenweise auf Stühlen und Möbeln verstreut. Dem Eidechsenkind stockt der Atem. Es tastet sich vorsichtig an den Stapeln vorbei, als befände es sich inmitten einer Herde unbekannter Tierwesen.

Den restlichen Tag bleibt es ganz benommen auf einem Stuhl in der Küche sitzen. Die Mutter fragt: »Ist dir nicht gut?« Das Eidechsenkind steht bleich und taumelnd auf, geht ein paar Schritte und lässt sich auf einen anderen Stuhl fallen. Sein neues Geheimnis verrät es niemand, nicht einmal Emmy, die sonst alles weiß.

Das Eidechsenkind kehrt immer wieder in das Bücherreich des Professore zurück. In der fremden Wohnstube richtet es sich zwei Verstecke ein, eins hinter dem Sofa und das andere hinter der großen Standuhr, die in einer Ecke zwischen zwei Bücherregalen steht. Von dort kann es die bleichen, blau geäderten Hände des alten Mannes beobachten, die behutsam über die Bücher fahren.

Es verfolgt mit den Augen, wie der Professore die Regale entlanggeht, wie er einzelne Bücher herauszieht, den Staub abpustet und sie beiseitelegt. Dann setzt er sich auf einen Stuhl und liest, die Lippen leise bewegend, als würde er ein Gebet aufsagen. An bestimmten Stellen zwinkert er, zieht die Brauen in die Höhe und runzelt die Stirn. Zwischendurch steht er auf und dreht mit hinter dem Rücken verschränkten Händen eine Runde durch die Wohnung. Das Eidechsenkind sieht die weißen Haare an den Fingern und die weit hervorstehenden Handknöchel. Der Professore kommt ihm wie eine Gestalt aus einer anderen Welt vor, die beim Lesen einen geheimen und unsichtbaren Ort betritt. Nach einer Weile setzt er sich wieder hin und blickt lange zur Decke. Manchmal liest er auch einige Seiten laut vor. Jeden Abend lässt er zur selben Zeit die Rollos herunter und zieht die Gardinen zu. Vor dem Schlafengehen setzt er sich noch eine Weile an den Schreibtisch, der ebenfalls mit Büchern und Papieren überfüllt ist, und schreibt lange Sätze in ein Heft.

Wenn der Professore nicht zu Hause ist, geht das Eidechsenkind wie in Zeitlupe durch die Wohnung und hält immer wieder staunend inne. Es greift mit großer Vorsicht nach den Büchern. Es schlägt sie auf und blättert ungeschickt darin. Die mit den vielen Bildern gefallen ihm besonders. So zum Beispiel ein blaues Buch mit achteckigen Fotos auf dem Umschlag. Einen Marterpfahl, einen Bergsteiger an einer steilen Wand, einen Affen, zwei Judokämpfer, eine Sonnenblume, ein seltsames Haus, ein Segelschiff und ein brennendes Ölfeld gibt es da zu sehen.

Das Eidechsenkind vergisst die Zeit, wenn es die Bilder betrachtet. Es fährt mit dem Finger über *Die Geschichte der Zauberei* mit einem Bild, das die nachgestellte Enthauptung eines Menschen zeigt, über die Geschichte von J.B.S. Haldane, *Der Junge, der die Ratten aus London vertrieb,* über Auszüge aus dem Bordbuch des Christoph Kolumbus und einen langen Beitrag über die Erstbesteigung der Eiger-Nordwand. Es entdeckt auch die farbige Ausgabe des *Kleinen Prinzen.* Der Clown, der König, der Geschäftsmann, die Rose, der Fuchs, alles erscheint ihm so, wie es ihm die Geigenspielerin erzählt hat. Nachdem das Kind jedes Bild und jede Legende in sich aufgesogen hat, stellt es die Bücher zurück ins Regal. Einem dicken Buch aber mit dem Titel *Abenteuer Tier* kann es nicht widerstehen.

Auf dem Dachboden verweilt das Eidechsenkind stundenlang bei den vielen Abbildungen mit merkwürdigen, ihm unbekannten Lebewesen, deren Wesensmerkmale es eifrig studiert. Der Tintenfisch zum Beispiel ist ein wahrer Verwandlungskünstler, der zur Tarnung in Sekundenbruchteilen Farbe und Muster der Haut wechselt, oder der Delfin, dessen eine Gehirnhälfte stets wach ist, sonst würde das Tier im Schlaf ertrinken, und natürlich die Eidechse, von der das Eidechsenkind unzählige unvermutete Arten entdeckt, die Afrikanische Bergeidechse, die Sägeschwanzeidechse, den Arabischen Wüstenrenner oder den Grünen Leguan, der bei drohender Gefahr ohne größeren Schaden einfach den Schwanz abwerfen kann.

Das große Buch über die Tiere erfüllt das Eidechsenkind mit Staunen und Bewunderung, weil es darin viel vom eigenen Eidechsendasein entdeckt. Nachdem es mehrere Tage lang mit viel Mühe darin gelesen und die Bilder betrachtet hat, bringt es den ausgeliehenen Band wieder in die Wohnung des Professore zurück.

Von nun an leiht es immer wieder Bücher aus. Und eines Tages liegt bei der Lücke im Regal ein Zettel: »Wer bist du?«

19

Der Professore spricht ein einwandfreies Italienisch, kann sich mit Carlos' Mutter auf Spanisch unterhalten und spricht mit Jakob Dühr Hochdeutsch, obwohl der Padrone immer Schweizerdeutsch antwortet. Neben Deutsch hat der Professore am städtischen Gymnasium Geschichte unterrichtet. Er ist auch in den alten Sprachen bewandert, in Griechisch und Latein, von denen Dühr, wenn er gut gelaunt ist, gelegentlich um eine Kostprobe bittet. Nach der Pensionierung ist der alleinstehende Professore ins Wohnhaus eingezogen, weil, wie er sagt, er sich bei den einfachen Leuten viel wohler fühle. Wegen seiner Zuneigung zu den Gastarbeiterfamilien wird der Professore von den Beeris schief angeschaut.

»Sie als Einheimischer müssten doch auf unserer Seite stehen«, zischt giftig die Capitana. Der Professore schüttelt nur den Kopf.

Wenn er jemand im Treppenhaus trifft, grüßt er freundlich und nimmt sich verneigend die Baskenmütze ab. Bei den Männern erkundigt er sich nach ihrer Arbeit auf der Baustelle, die Frauen fragt er nach Kochrezepten. Mit den Kindern würde er sich gern mehr unterhalten, ihnen vielleicht aus seinen Büchern vorlesen, aber dafür ist er zu schüchtern. Die Kinder ihrerseits spüren, dass er ihnen gut gesinnt ist, und verschonen ihn mit ihren Streichen.

Die Mutter des Eidechsenkindes spricht er mit Madame an, wodurch sie sich geschmeichelt fühlt. Manchmal steht er bei ihr in der Küche, um ihren ausgezeichneten Kaffee zu kosten. Er trinkt in kleinen Schlucken und plaudert mit dem Vater. Er zählt die Bücher auf, die er von dessen Heimatland besonders schätzt. Er sagt, er finde die *Promessi sposi* so imposant. Diese Geschichte kenne sogar in Ripa ein jeder, meint der Vater stolz von der Holzbank aus, während er die Schuhe auszieht. Der Professore gerät ins Schwärmen. Er rühmt Dantes *Divina Commedia.* In ihr sei so manche Schönheit verborgen, erklärt er der Mutter. Er sagt ein Gedicht von Giacomo Leopardi auf, »... sempre caro mi fu quest'ermo colle ...«. Und dann zählt er andere Bücher auf, von denen die Eltern noch nie etwas gehört haben. Einzig bei *Doktor Schiwago* leuchten die Augen der Mutter auf, aber danach schaut sie wieder verlegen weg, und der Vater macht einen Schritt nach hinten und verdreht die Augen.

Eines Abends läutet der Professore an der Wohnungstür und möchte mit dem Vater eine Partie Schach spielen.

»Ich bin da nicht so gut«, sagt der Vater.

»Ich kann es Ihnen zeigen, wenn Sie wollen«, ermutigt ihn der Professore.

Während des Spiels bleibt der Professore über das Schachbrett gebeugt. Er spricht sparsam und mit langen Pausen. Als er einmal seinen Turm bewegt, sagt er, er nutze die Gelegenheit, den Vater etwas zu fragen. In all den Jahren habe er so viele Bücher angehäuft, dass er in der Wohnung mehr Platz schaffen müsse. Ob er denke, dass es möglich wäre, ein Fenster an der einen Wand seines Wohnzimmers zuzumauern, um auf diese Weise eine vierte

Bücherwand zu gewinnen. Während der Professore sein Anliegen darlegt, steht im Nebenzimmer das Eidechsenkind mit dem Ohr an der Wand. Durch das Loch kann es sehen, wie der Vater seine Königin verliert. Die Mutter ordnet das Besteck in der Schublade. Der Vater sagt, man müsse die Genehmigung des Padrone einholen. Der Professore nickt zufrieden. Dann spielen sie weiter.

Als wenig später der Professore sich aufrichtet und »Schachmatt« ruft, erblickt er unter der Kredenz eins seiner Bücher, *Der Mahdi* von Karl May. »Aha…«, staunt der Professore, und als er sich gerade vom Stuhl erheben will, stürzt das Eidechsenkind in die Küche, greift blitzschnell nach dem Buch und verschwindet damit in die Stanza in fondo. Der Vater und die Mutter bleiben wie erstarrt stehen. Der Professore sagt:

»Das ist also mein kleiner Bücherdieb.«

Die Mutter bricht in Tränen aus. Sie erzählt dem Professore, was mit dem Kind los ist, wie alles gekommen ist.

»Bitte, Signor Professore, verraten Sie uns nicht, sie nehmen uns sonst das Kind weg!«, fleht sie ihn an.

»Dass so etwas möglich ist!«, sagt der alte Mann.

»Verraten Sie uns bitte nicht!«, wiederholt jetzt auch der Vater.

»Wo ist jetzt das Kind?«, fragt der Professore.

»Darf ich zu ihm gehen?«

Die Mutter nickt, der Vater schweigt. Sie hören, wie der Professore in der Stanza in fondo lange zum Kind spricht, das im Schrank verharrt. Nach einer Weile stehen sie in der Tür. In der einen Hand hat der Professore sein Buch, in der anderen die Hand des Kindes.

20

Von nun an darf das Eidechsenkind zum Professore gehen und sich dort alle Bücher ausleihen, die es will. Der alte Mann richtet ihm einen Platz am Tisch ein, liest ihm vor und zeigt ihm die Bilder. Das Eidechsenkind sieht gebannt in das Buch mit den seltenen Tieren und Pflanzen, es sagt: »Ancora, noch eins«, hört aufmerksam zu, liest mit und lernt Helden und Geschichten kennen, denen es in den Comics bisher nirgends begegnet ist. Um den alten Mann und das Kind herum ist alles still. Sie versinken in den Geschichten und gehen gemeinsam auf Reisen. Sie harren mit dem Schiffbrüchigen Robinson Crusoe auf der einsamen Insel aus und verstecken sich vor den Kannibalen, der Professore deutet auf eine farbige Karte, die sie zur Schatzinsel führt. Gemeinsam stürmen sie die Mauern Trojas an der Seite des heldenhaften Achilles. »Und du bist jetzt aber Hektor«, jauchzt das Kind, »und ich gewinne gegen dich.« Nach gewonnener Schlacht folgen sie dem Seefahrer Odysseus, um den einäugigen Polyphem zu überlisten. Immer wieder steht der Professore auf, streckt sich und holt ein neues Buch, auf das das Kind mit dem Finger deutet.

Er zeigt ihm eine sehr alte, illustrierte Ausgabe von Jules Verne mit der Geschichte einer Reise bis zum Mittelpunkt der Erde. Auf dem Umschlag sind zwei Männer auf einem Floß auf dem tosenden Meer treibend abgebildet. Aus dem

Wasser ragt über ihren Köpfen ein schlangenartiges Meeresungeheuer, das sie mit seinem langen Hals und dem drachenartigen Kopf bedroht. »Schnell«, ruft das Eidechsenkind, »wir müssen ins Wasser springen, kannst du schwimmen?« »Sieh dort«, antwortet der Professore, »der Drachentöter kommt geflogen, wir sind gerettet!«

Sobald sie wieder an Land sind, zupft der Professore einen Bildband aus dem Regal mit dem Titel *Arabische Nächte, Erzählungen aus Tausendundeiner Nacht.* »Das ist die Geschichte von Ali Baba«, sagt er, »und wenn du eine Tür öffnen willst, die verschlossen ist, musst du ›Sesam, öffne dich‹ sagen.« Am Abend steht das Eidechsenkind in der Küche vor der Kredenz und sagt: »Sesam, öffne dich«. Die Eltern schmunzeln, und das Kind erzählt ihnen Geschichten einer fernen Welt, von der sie nicht einmal wissen, dass es sie gibt.

Am nächsten Tag ist das Eidechsenkind schon wieder beim Professore. Sie sitzen gemeinsam vor dem großen Leuchtglobus, der auf dem Tisch zwischen den Bücherstapeln thront. Das Eidechsenkind betrachtet die Kugel mit weit geöffneten Augen, vor Aufregung zitternd, als stünde es tatsächlich am Anfang einer abenteuerlichen Weltreise. »Bist du bereit?«, fragt der Professore. Er nimmt die Hand des Kindes und zeigt ihm, wie es die Kugel gegen den Uhrzeigersinn drehen soll. Dann sagt er: »Jetzt leg deinen Finger drauf.« Die Kugel dreht, und der Finger des Eidechsenkindes zieht über die glatte Oberfläche, über die Weltmeere hinauf bis zum Nordpol und dann wieder hinunter bis zum Südpol. Der Professore flüstert ihm ins Ohr: »Jetzt bist du Captain Flint, der zum Mariannengraben segelt, jetzt

Odysseus auf seiner Irrfahrt von Troja bis zum Land der Zyklopen und dann zu den Äolischen Inseln.«

Und schon wieder unternehmen sie gemeinsam gefährliche Expeditionen in unerforschte Zonen des Äquators, sie überleben tagelang ohne Wasser im Staub der afrikanischen Wüste, oder sie reiten als stolze Rangers in den Klüften des Grand Canyon. Der Finger des Eidechsenkindes legt Fährten zwischen den Kontinenten, er verfolgt die Routen der Entdecker, taucht noch tiefer in den Mariannengraben hinein und schwimmt dann nordwärts bis zu den japanischen Inseln. Er zeichnet die Konturen der Kontinente nach, während der Professore »Afrika, Amerika, Asien…« sagt. Beim Kap der Guten Hoffnung bleibt der Finger stehen und schwenkt wieder hinunter zur Antarktis, dreht zwei Runden um sie herum, zuerst gegen den Uhrzeigersinn, vom Pazifischen über den Atlantischen zum Indischen Ozean, und dann im Uhrzeigersinn wieder zurück und rechts weg bis nach Australien, und mit einem Sprung nach links landet er auf Timor, und von dort tippt er auf jede einzelne Insel Indonesiens, Flores, Sumba, Lombok, Bali, Madura und wie die alle heißen.

21

Der ältere Sohn der Giubertis heißt Onofrio und ist ein vorbildlicher Bursche, zuverlässig und fleißig wie keiner sonst im Haus. Er erledigt freiwillig Arbeiten für den Hauswart, er fegt die Blätter im Innenhof zusammen oder bringt die Kehrichtsäcke in den Container. Das Eidechsenkind beobachtet ihn vom Fenster der Stanza in fondo aus.
Dieser Onofrio braucht keine Schritte zu zählen, er schlendert statt zu hasten, er muss nicht die Stimme erheben wie der Padrone, man sucht vergebens Wut oder Elend in seinen Augen, er macht alles mit den Worten, er kann reden, er überzeugt die strenge Capitana, besänftigt den aufgebrachten Padrone, erklärt im Treppenhaus den wilden Kindern die Dinge so, dass sie sie verstehen. Das Eidechsenkind mag Onofrios Stimme, die eine ihm unbekannte Ruhe verströmt.

Am Küchentisch sagt der Vater: »Schau, dieser Onofrio, aus dem wird mal etwas!« Das Eidechsenkind will sich nicht beeindruckt zeigen. »Wenn ich erwachsen bin, gehe ich fort von hier, auf Entdeckungsreise. Der Signor Professore hat mir die ganze Welt gezeigt. Ich komme bestimmt nicht mehr zurück.« Der Vater schüttelt den Kopf, während das Eidechsenkind zur Mutter blickt und mit immer lauterer Stimme seine Lieblingsorte aufsagt: »Madagaskar, Tasmanien, Kapverdische Inseln ...«

Im Dezember bringt Onofrio Moos und Tannenäste aus dem Wald nach Hause, weil sein Vater eine Weihnachtskrippe baut. Er nimmt sich dafür ein ganzes Wochenende Zeit. Onofrio, im Treppenhaus ständig vom Eidechsenkind beobachtet, holt einen kleinen Stall und Krippenfiguren aus dem Keller. Als die Krippe fertig ist, bleibt die Wohnungstür der Giubertis den ganzen Nachmittag für die Hausbewohner offen. Auch das Eidechsenkind will die Krippe sehen, tastet sich in vorsichtigem Abstand schattenhaft und geräuschlos zu den anderen vor. Als es die Kinder und Erwachsenen im Halbkreis vor der Krippe stehen sieht, bleibt es bei der Tür und streckt nur den Kopf hinein. Es erkennt Hirtenfiguren, die eine Schafherde vor sich hertreibend Richtung Betlehem ziehen, eine junge Bäuerin, die am Brunnen Wasser holt; Kinder rennen einer Gans hinterher, die drei Könige auf ihren Kamelen halten vor dem Stall, in dem Josef und Maria vor der leeren Krippe knien. Das Jesuskind bewahrt Herr Giuberti an einem geheimen Ort auf und legt es erst in der Weihnachtsnacht Punkt vierundzwanzig Uhr in die Krippe, die er mit farbigen Lämpchen ausgestattet hat. Eine ganze Woche lang dürfen Besucher aus der Nachbarschaft vorbeischauen, und immer wieder schleicht sich auch das Eidechsenkind bis zur Tür.

Am Abend des vierten Advents bringt die Capitana selbst gebackenen Lebkuchen mit. Sogar Dühr kommt, und Bernadette knipst ein Foto. Herr Giuberti ist ganz stolz, schenkt den Erwachsenen einen Schnaps aus seinem Heimatdorf ein und lacht. Und während sich alle staunend um die Krippe scharen und Herrn Giuberti loben, ist der

Blick des Eidechsenkindes auf das kleine Gemälde der Madonna gerichtet, das an der Wand über der Krippe hängt. Sie sieht genau so aus wie Nonna Assuntas Madonnina. Sie trägt das gleiche blaue Kopftuch mit dem Schleier darunter. Sie ist genauso jung, ihre Stirn ist faltenlos, die Wangen sind rosig, die Lippen samtweich, kindlich und sinnlich zugleich. Die Vorahnung, was mit ihrem Sohn passieren wird, ist in der Wölbung unterhalb der Augen angedeutet.

Das Eidechsenkind erinnert sich, wie Nonna Assunta damals vor dem Einschlafen mit verschränkten Fingern die Madonnina um Schutz bat, wie sie vor ihr niederkniete und leise zu ihr sprach, wie sie eine Kerze anzündete und ein zweites Mal betete, aber nun mit geschlossenen Augen und nicht mehr flüsternd, als würde sie Gespräche mit sich selbst führen. Und zum ersten Mal kann das Eidechsenkind Nonna Assuntas Stimme wieder hören. Es denkt: »Nonna Assunta hat mir die Madonnina geschickt.«

In einer Nacht kurz nach Weihnachten schleicht sich das Eidechsenkind ins Wohnzimmer der Giubertis, hängt das Bild der Madonna von der Wand und bringt es in sein geheimes Versteck auf dem Dachstock, damit es dort zu Nonna Assunta sprechen kann. Frau Giuberti merkt erst am nächsten Abend, dass das Bild fehlt. Es gibt einen ziemlichen Aufruhr. Die einzige Erklärung ist, dass Diebe ins Haus gekommen sind. Weshalb sie gerade das wertlose Bild mitgenommen haben, das können sich weder der Hauswart noch die Giubertis erklären. Jedenfalls will Frau Giuberti in jener Nacht verdächtige Geräusche gehört haben, und die Capitana erinnert sich, dass am Morgen die Eingangstür halb offen stand.

Als Dühr und sein Sohn am nächsten Tag ins Haus kommen, geraten sie wegen dieser Sache in Streit. Felix, der inzwischen zwanzig Jahre alt ist, kann nur darüber lachen. Der Padrone ist erzürnt. Er schreit ihn an, er müsse endlich erwachsen werden, Diebe im Haus seien nichts, worüber man lache. »Du hast ja keine Ahnung, was es bedeutet, eine Firma zu führen, so ein Wohnhaus zu verwalten, ständig gibt es Probleme. Du bist nur ein fauler und verwöhnter Nichtsnutz!«

Es geht so weit, dass Vater und Sohn anfangen, sich im Treppenhaus zu prügeln. Sie wälzen sich auf dem Boden und purzeln zusammen die Treppe hinunter. Sie landen am Treppenfuß im Erdgeschoss, wo Beeri und die Capitana bereitstehen. Der Vater des Eidechsenkindes rennt zu den beiden Streithähnen zuunterst auf der Treppe und ruft immer wieder: »Jakob, Jakob, basta!« Plötzlich beginnt Beeri mit seinen weißen Turnschuhen auf Felix einzutreten, trifft ihn sogar im Gesicht. Felix reißt sich los und verschwindet durch die Eingangstür. Der Padrone setzt sich auf den ersten Treppenabsatz und schnaubt wie ein Ochse. Der Vater hat den Hut aufgehoben. Der Padrone sagt keuchend: »Habt ihr gesehen, dieser Satan! Du kannst froh sein, Bandito, hast du keine Kinder!«

22

Die Eltern zählen die Jahre und sind bei 1970 angekommen. Die Mutter schreckt immer noch hoch, wenn es an der Tür läutet, und immer noch weint sie, wenn das Eidechsenkind in einer Ecke kauernd seine Monologe spinnt oder wenn es unauffindbar in Verstecken verschwindet.

In den kalten Monaten überkommt den Vater die Schwermut. »Vielleicht«, sagt er, »ist es besser, wir kehren heim, auch wenn das Haus noch nicht fertig ist, wir könnten doch eine Weile bei deiner Schwester wohnen ...«

»Das geht nicht«, unterbricht ihn die Mutter.

»Das Kind«, fährt der Vater fort, »es ist ja jetzt schon ein großer Junge, es kann dort vielleicht etwas arbeiten ...«

»In Ripa wird das Kind nicht anders«, unterbricht ihn schon wieder die Mutter, »wir haben es krank gemacht.«

»Gibst du mir schon wieder die Schuld ...«

Während die Mutter nicht mehr weiterweiß, verstummt und weint und der Vater den Fernseher lauter aufdreht, kratzt das Eidechsenkind mit den Fingernägeln an die Wand. Es redet laut vor sich hin, es stolpert kreuz und quer durch die Sätze, dass sich der Vater vor dem aufgedrehten Fernseher die Ohren zuhalten muss.

Die Eltern versuchen, sich mit der Situation abzufinden und ihr Heimweh zu verdrängen. Sie arbeiten mehr, als sie Kraft haben, melden nach Ripa, sie würden doch noch etwas länger bleiben, geben sich alle erdenkliche Mühe, das

Gastland gern zu bekommen, aber das Gastland liebt sie nicht zurück.

Eines Abends steht der Professore ganz aufgeregt in der Küche. Er wolle den Eltern etwas Wichtiges mitteilen. Er trage diesen Gedanken schon lange mit sich herum, und jetzt sei es soweit, er müsse zu einer Reise aufbrechen. Der Eidechsenjunge steht daneben und sieht den Professore fragend, aber auch erwartungsvoll an. Er bleibe ein paar Monate weg, fährt der alte Mann fort, vielleicht ein halbes Jahr. Er bitte die Mutter, sie solle doch gelegentlich nach der Wohnung sehen.

»Und dich, mein Junge, dich mache ich zum Hüter meiner Bücher!«

Zwei Tage später ist der Professore tatsächlich reisebereit. Er übergibt der Mutter den Wohnungsschlüssel, drückt ihr und dem Vater die Hand, umarmt den Eidechsenjungen und macht sich mit einem großen Rucksack und einem Wanderstab auf den Weg.

Es vergehen Monate. Einmal in der Woche geht die Mutter in die Wohnung des Professore und staubt die Regale ab. Der Eidechsenjunge weiß nicht so recht, was er dort alleine machen soll. Irgendwann kommt eine Ansichtskarte aus Griechenland, einem Ort, wo es Tempel gibt, die der Professore sich anschauen will. Dann lange nichts mehr. Der Eidechsenjunge liest die Bücher, die ihm am meisten gefallen haben, ein zweites Mal, aber nur bis zur Hälfte, dreht dann lustlos an der Kugel des Globus und lässt die Augen auf Griechenland ruhen.

Nach einer Weile beginnt der Junge wieder, sich nach Eidechsenart durch das Haus zu schleichen.

Und obwohl er an den Wänden und auf dem Boden geheime Zeichen hinterlässt, merkt niemand etwas von seiner Existenz. Er hat nun ein paar Wohnungsschlüssel in seinem Versteck im Dachgeschoss an den Dachbalken aufgehängt. Sobald jemand nicht zu Hause ist, stiehlt er sich in die Wohnung, geht von Zimmer zu Zimmer, inspiziert den Inhalt der Schränke, Schubladen und Kisten, bis er alles entdeckt hat, was es im Wohnhaus zu entdecken gibt.

Dritter Teil

1

In einer schwülen Herbstnacht schleicht sich der Eidechsenjunge erstmals allein aus dem Haus. Er steigt wie ein Schatten über das Haupttor des Innenhofs und landet mit einem gewagten Sprung auf der Gasse. Dort verharrt er für einen Moment in der Kampfstellung des Uomo Ragno, bevor er sich in die Dunkelheit hineinwagt. Er durchquert in Trippelschritten eine Gasse nach der anderen, gelangt an einen kleinen Platz, der von verwinkelten, alten Häusern umgeben ist, geht durch das Altstadttor hindurch und erreicht den Fluss, an dem er ein Stück entlanggeht. Immer wieder hält er inne, um ins dunkle Wasser hinunterzublicken, wachsam wie ein Tier, das bei der kleinsten aufkommenden Gefahr sofort in sein Versteck flüchtet.

Ein heftiger Regen setzt ein. Auf dem glänzenden Asphalt bilden sich in kurzer Zeit Pfützen. Der Eidechsenjunge drückt sich an den Hauswänden entlang und kreuzt die Nachtschwärmer, die, vom Regen überrascht, die Jacken über den Kopf gezogen haben. Ein Liebespaar sitzt vom Regen unbeeindruckt eng umschlungen auf einer Bank unter einem großen Baum. Eine Gruppe junger Leute steht grölend vor einem Wirtshaus herum. Der Eidechsenjunge geht unauffällig an ihnen vorbei. Alles ist ihm neu, alles zieht ihn an. Ohne stehen zu bleiben, blickt er in die Schaufenster der Fußgängerzone, er hängt sich an Äste, klettert auf Mauern, hinter denen er Gärten und Innenhöfe entdeckt, rennt einer streunenden Katze nach, passiert wieder das Stadttor und schleicht weiter ziellos durch die Gassen, den Kopf immer gesenkt, wie ein Hund, der hartnäckig eine Fährte verfolgt. Erst gegen Morgen, noch bevor die ersten Arbeiter aus den Häusern kommen, kehrt er erschöpft und durchnässt heim.

Bevor der Eidechsenjunge von nun an in die Nacht aufbricht, sitzt er eine Weile in seinem Verlies und redet zur Madonnina. Sie soll ihn beschützen, wenn er auf gefährliche Abenteuer geht. Emmy ist manchmal auch da. Der Eidechsenjunge erzählt ihr von all den Gefahren in der Nacht, dass ihm aber nichts geschehen könne, denn Nonna Assunta habe ihm die Madonnina geschickt und die sorge jetzt dafür, dass der volle Mond ihm den richtigen Weg zeige. Emmy kommt aus dem Staunen nicht heraus. Sie sieht den Eidechsenjungen aus weit aufgerissenen Augen an und ruft:

»Darf ich einmal mitkommen?«

»Nein, das geht nicht«, antwortet der Eidechsenjunge, »du hast niemand, der dich beschützt!«

2

Die nächtlichen Abenteuer haben den Eidechsenjungen übermütig gemacht. Tagsüber ist er müde und matt, dann aber überkommt ihn plötzlich wieder der Tatendrang. Er wagt sich nun in Emmys Begleitung ohne Bedenken in den Innenhof. Dort trifft er auf andere Kinder aus der Nachbarschaft. Emmy ist nie um eine Erklärung verlegen: Einmal ist der Eidechsenjunge mit Bekannten bei ihren Eltern zu Besuch, dann wieder ist er irgendein Verwandter.

Emmy ist lieber mit Jungen als mit Mädchen zusammen. Auf dem Dachboden bastelt sie mit dem Eidechsenjungen heimlich Spieße und Keulen, die sie mit Nägeln beschlagen und im Innenhof im Kreis aufstellen. Es geht um die Mutprobe. Wenn man zu ihnen gehören will, muss man von der Mauer aus in den Kreis hineinspringen. Der Eidechsenjunge springt als Erster. Ein anderer will es ihm nachmachen. Er klettert auf die Mauer. Ein kurzes Zögern, dann springt er, aber zu kurz. Ein Spieß bohrt sich durch die Hose in seinen Oberschenkel. Der Junge steckt fest. Er muss den Spieß mit beiden Händen herausziehen. Er blutet stark und hält die Wunde zu, will losrennen, wird aber ohnmächtig und fällt hin. Die Kinder beginnen zu schreien. Beeri eilt herbei. Kuschdohära rennt bellend um den Verletzten herum, bis der Krankenwagen kommt und der Junge ins Spital gebracht wird. Später erzählt man im Haus, dass der Spieß ganz knapp am Hoden vorbeigegangen sei, dort wo das Fleisch weich und dünn ist. Der Junge hätte sterben können.

Der Vorfall sorgt für großen Aufruhr im ganzen Wohnhaus. Beeri nimmt die Waffen an sich. Es kommt die Polizei. Die Kinder werden zur Rede gestellt. Sie berichten von einem älteren Kind, das auch dabei war, Emmys Cousin, aber niemand weiß seinen Namen. Emmy wehrt sich, das stimme nicht, da sei niemand anders gewesen, die Kinder wollten nur die Schuld auf sie abschieben. Alle reden durcheinander. Die Eltern mischen sich ein, sagen: »Mein Kind ist es sicher nicht gewesen«, bekommen untereinander Streit. Ein Polizist ruft: »Ruhe, Ruhe!« Sie geben es auf. Sie sagen einfach: »So etwas macht ihr nie mehr! Sonst nehmen wir euch mit!«

Der Eidechsenjunge hat sich verkrochen. Emmy steigt ins Dachgeschoss und erzählt ihm alles. Das sei der Beweis, dass er der Einzige sei, der so gefährliche Sachen könne, prahlt er.

Emmy will nun lieber andere Spiele spielen. Sie setzen sich auf die zerwühlte Wolldecke. »Und was sollen wir machen?«, fragt der Eidechsenjunge gelangweilt. »Erzähl mir von deiner Großmutter und wie dich früher die Wölfe bedroht haben!« Der Eidechsenjunge erzählt, und Emmy wirft immer lustige Sachen von der Schule ein. Sie geht Brot und Schokolade holen. Als sie zurückkommt, ist der Eidechsenjunge auf der Matratze eingeschlafen, das Bild der Madonnina umarmend.

Einmal kommt Emmy ganz aufgeregt in den Dachstock gerannt. »Schau, was ich da habe.« Sie hält ein junges Kätzchen in den Armen. »Ich habe es auf der Gasse gefunden, es gehört uns, wir sorgen für es. Das ist jetzt mein Geheimnis.« Der Eidechsenjunge sagt, das Kätzchen könne bei ihm im Verlies wohnen. Emmy bringt Milch in einer Schüssel, gekrümeltes Brot und Fleischreste. Wenn Emmys Eltern nicht da sind, gehen sie in die Wohnung. Der Eidechsenjunge will dem Kätzchen Kunststücke beibringen, und Emmy holt eine Bürste und kämmt sein weiches Fell. Wenn Emmy nach draußen geht, versteckt sie es unter ihrem Pullover, sogar wenn sie Rollschuhe fährt.

Eines Tages stiehlt sich das Kätzchen durch die offene Wohnungstür ins Treppenhaus. Emmy rennt auf den Dachstock, aber beim Eidechsenjungen ist es nicht. Unten im Eingangskorridor sieht sie, wie Beeri das Kätzchen hinter der Mülltonne hervorholt. Emmy steht auf der Treppe und hört die Capitana sagen: »Was hat denn die Katze hier zu suchen? Bring sie weg!« Daraufhin packt Beeri das Kätzchen und geht hinaus. Emmy sieht es nie wieder.

Der Eidechsenjunge beschließt, zur Vergeltung Kuschdohära umzubringen. Er lockt den Köter bis in sein Versteck auf dem Dachstock und verbarrikadiert den Eingang. Er hat sich eine Eisenstange besorgt. Zuerst bellt Kuschdohära ihn an, aber kaum hebt der Eidechsenjunge die Stange, verkriecht sich das Tier im hintersten Winkel der Höhle und senkt den Kopf. Der Eidechsenjunge knipst die Taschenlampe an und richtet sie auf den Hund. Das Tier sieht seinen Peiniger verängstigt an. Der Eidechsenjunge holt zum Schlag aus, hält aber auf halber Höhe inne. Kuschdohära bewegt sich nicht. Er hat denselben Blick wie die Mäuse in der Falle, wie die Kinder, die beim Stauspiel unter den Füßen der anderen auf der Treppe nach Luft ringen. Der

Eidechsenjunge legt die Stange weg, bindet dem Hund mit einem Tuch die Schnauze zu und lässt ihn liegen.

Die Beeris suchen schon verzweifelt nach Kuschdohära. Sie rufen seinen Namen, läuten an den Wohnungstüren. Das ganze Haus sucht mit. Im Dachgeschoss schaut Beeri nicht nach. Er traut dem trägen Kuschdohära den Aufstieg bis dort oben wohl nicht zu. Die Capitana kreist mit der Zigarette in der Hand im Innenhof wie eine Irre umher. In der Nacht hört man sie »Blacky…, Blacky…« rufen.

Am nächsten Morgen kehrt der Eidechsenjunge zu Kuschdohära zurück und gibt ihm zu trinken und zu fressen. Beim Versuch, aus seinem Gefängnis zu entkommen, hat sich das Tier das rechte Hinterbein verletzt. Der Eidechsenjunge beschließt, den Hund dahinsiechen zu lassen, soll er am Wundbrand zugrunde gehen. Er schaut dem leidenden Tier in die Augen. Er richtet die Taschenlampe auf das Bild der Madonnina. Sie sieht ihn an. Kuschdohära winselt. Am Abend legt ihn der Eidechsenjunge an allen vier Beinen gefesselt vor die Haustür der Beeris, klingelt und rennt davon.

3

Im Winter ist die Altstadt unter dem frostklirrenden Himmel menschenleer. Der Eidechsenjunge atmet die schneefrische Luft ein, lauscht der Stille und genießt seine Freiheit. Anders als das Wohnhaus ist das nächtliche Gassenlabyrinth kein Ort der Gefangenschaft. Und es steckt voller Überraschungen.

Die Fastnacht hat der Eidechsenjunge bisher nur mit dem Ohr wahrgenommen. Nun kann er das bunte Treiben miterleben, sieht, wie zu später Stunde Kostümierte durch die Gassen taumeln. Der eine oder der andere winkt ihm sogar zu. Einer, mit einem Kleid, das mit all seinen Glöckchen beim Gehen klingelt, kommt ganz nah an ihn heran, lächelt durch die Maske hindurch und haut ihm auf die Schulter. Der Eidechsenjunge bleibt benommen stehen, als wäre er von Außerirdischen berührt worden.

Und so lässt er sich Nacht für Nacht wie in einem Rausch treiben, bis ihn einmal ganz unerwartet eine Hand an den Nacken fasst. Die Schulterblätter gehen reflexartig nach oben, die Wirbelsäule spannt sich. Der ganze Körper wird in Alarmbereitschaft versetzt. Der Eidechsenjunge dreht sich um, und der Polizeibeamte, ein stämmiger Mann mit schmalem Oberlippenbart, fragt, was zum Teufel so ein Bengel mitten in der Nacht auf der Gasse zu verlieren habe. Einen Augenblick ist er nicht aufmerksam genug gewesen, und schon steckt er in der Falle.

Der Polizist hat ihn an die Hauswand gedrängt, will den Namen wissen. Der Junge gibt keine Antwort. Der Beamte fragt nach den Eltern und der Adresse. Er wird lauter. Schweiß fließt dem Eidechsenjungen den Körper runter. Der Beamte zerrt ihn bis zum Dienstwagen. Alles dreht sich im Kopf des Eidechsenjungen, er zittert am ganzen Körper. Jetzt wie noch nie muss er eine Eidechse sein, ihre Gestalt annehmen, ihrem Fluchtinstinkt folgen. Er wartet, bis sich die Kraft in ihm ballt, und dann erst, mit einer blitzschnellen Körperwindung, befreit er sich vom Griff des Polizisten und rennt um sein Leben. Er hört nur noch »Halt! Halt!«, aber er ist so schnell weg, dass der Polizist gar nicht erst die Verfolgung aufnimmt. Der Eidechsenjunge erreicht die Gasse, schleicht in geduckter Stellung bis zur Eingangstür, schleppt sich die Treppe rauf und fällt auf die Matratze im Inneren seines Baus.

4

Als die neue Familie mit den zwei Kindern ins Haus einzieht, erregt die Frau sofort Aufsehen. Noch nie haben die Gastarbeiter ein so hochgewachsenes weibliches blondes Wesen gesehen. Sie nennen sie deswegen la Stangona. Bei den Frauen ist die Stangona sofort verpönt, denn sie kocht nicht, vernachlässigt den Haushalt, und ihre zwei immer hungrigen Kinder lungern den ganzen Tag herum. Der Eidechsenjunge wundert sich über die merkwürdigen Geschöpfe, beide weißblond und mit glasklaren blauen Augen. Wenn er ihre Schritte erkennt, rennt er ins Treppenhaus und gibt ihnen schnell eine Scheibe Brot. Die beiden Kinder stürzen sich wie Tiere darauf und streiten um die Krümel.

Die Stangona läutet fast täglich an der Tür, weil sie entweder keinen Kaffee oder keine Milch hat. Sie hat oft Tränen in den Augen, weil sie sich mit ihrem Mann gestritten hat. Die Mutter lässt sie eintreten und bietet ihr eine Tasse Kaffee an. Sie sitzen am Küchentisch, bis sich die Stangona ausgeweint hat. Der Vater schielt durch die Tür. Er murmelt, das sei ja ein Prachtstück von einer Frau.

Der Eidechsenjunge hat auch nur noch Augen für sie. Er starrt durch die Ritzen der Wand auf die blonden Haare, die der Frau bis zu den Schultern herabhängen, auf die prallen Brüste, auf die engen Jeans, die ihre Beine noch länger machen. Er schielt durch den Spalt der zugezogenen

Vorhänge, wenn sie aus dem Haus geht, er schleicht ihr nach, wenn sie in die Waschküche hinuntersteigt.

Die Stangona stellt den Wäschekorb auf einen Schemel und füllt die Waschmaschine, die kurz darauf zu rattern beginnt. Sie steht daneben, und der Eidechsenjunge sieht, dass sie weint. Sie holt einen Kamm hervor und kämmt sich die langen blonden Haare. Dann greift sie nach einem Kleid an der Wäscheleine. Sie zieht ihre Hosen aus, nimmt auch einen der Strümpfe von der Leine und rafft ihn zu einer Rolle. Dann balanciert sie zuerst auf dem linken Bein, legt den rechten Fuß auf den Schemel, führt den gerollten Strumpf über die Fußspitze und befestigt ihn an den Strumpfbändern. Sobald sie schön angezogen ist, geht sie aus dem Haus und kommt erst spät am Abend zurück.

Wenn der Eidechsenjunge an die Stangona denkt, wenn er ihren Nacken, ihre Schultern, ihre Brüste, die eng anliegenden Hosen, unter denen sich der Hintern abzeichnet, vor Augen hat, spürt er ein seltsames Zittern und Kribbeln im Bauch, ein Anschwellen zwischen den Beinen und eine Hitze im Kopf. Er stellt sich vor, mit der Hand durch die blonden Haare zu fahren, die Haut zu berühren, die Rundungen anzufassen, von der Stangona in den Arm genommen zu werden. Er zieht sich in sein Verlies zurück, um von ihr zu träumen. Wenn Emmy vorbeikommt, raunzt er sie an, er wolle allein sein. Als Zeichen seiner Hingabe legt er der Stangona Geschenke vor die Tür, eine Blume, einen schönen Stein, eine duftende Seife, aber er weiß nie, was sie damit macht oder ob der Hausmeister die Geschenke wegnimmt. Nachts, wenn er in seinem Bett liegt, stellt er sich vor, wie er ihr Gesicht küsst, in ihren Hals beißt und an ihren Kleidern zerrt. Sein Herz rast, er hechelt, er presst das Kissen zwischen seine Beine, reißt es beinah in Fetzen und wälzt sich so lange, bis er auf den Boden fällt und es aus ihm herauskommt.

Eines Morgens, nachdem die Stangona mit den Kindern aus dem Haus gegangen ist, schleicht sich der Eidechsenjunge in ihre Wohnung. Eine unvorstellbare Unordnung herrscht dort, Schuhe, Kleider, Spielzeuge, alles liegt auf dem Boden verstreut. Der Eidechsenjunge streift durch die Räume und betritt das Schlafzimmer. Dort wühlt er hastig in den Schubladen und nimmt eine Bluse der Frau seiner Begierde mit. Nacht für Nacht, das Kleidungsstück eng umschlungen, gibt er sich den kühnsten Vorstellungen hin, die ihn beglücken, aber gleichzeitig derart überwältigen, dass er am Morgen vor Verlangen ganz erschöpft ist.

5

»Du bist in letzter Zeit so merkwürdig«, sagt Emmy, »was hast du denn?« Der Eidechsenjunge antwortet nicht, aber als Emmy nicht lockerlässt, fragt er sie, ob sie denn wisse, wie die Erwachsenen Liebe machen, und ob sie sehen möchte, wie es bei ihm da unten aussieht. Emmy wird rot im Gesicht, sucht nach Worten, sagt dann, sie müsse jetzt gehen. »Du bist wirklich noch ein Kind«, ruft der Eidechsenjunge ihr nach, und Emmy lässt sich für eine Weile nicht mehr blicken.

Der Eidechsenjunge spitzt immerzu die Ohren, wie ein Besessener die Stimme der Stangona suchend. Ihr Mann ist den ganzen Tag bei der Arbeit. Wenn er abends heimkehrt, hört man, wie sich die Stangona über die Kinder und den anstrengenden Tag beklagt. Vor dem Zubettgehen raucht der Mann unten auf der Gasse eine Zigarette.

Eines Abends kommt er nach der Arbeit nicht nach Hause. Die Stangona bittet die Mutter des Eidechsenjungen, auf die Kinder aufzupassen. Sie kehrt erst am frühen Morgen zurück und weint in der Küche. Von diesem Tag an hat sie nur noch Tränen in den Augen. Ihr Mann kommt nochmals vorbei, um seine Sachen zu holen. Sie schreit ihn an und ist wieder bei der Mutter in der Küche. Der Vater wandert zwischen Küche und Wohnzimmer hin und her und schaut immer wieder auf die blonde Frau. Der Eidechsenjunge, der durch die Ritze späht, überlegt, wie er sie glücklich machen könnte.

Eine Woche später teilt die Stangona der Mutter mit, sie werde mit ihren zwei Kindern ausziehen. Am letzten Tag bringt sie der Mutter als Abschiedsgeschenk Socken gefüllt mit Süßigkeiten, Mandarinen und Nüssen. Das sei in ihrem Heimatland Brauch. Die Mutter ist entzückt. Sie sagt, dass in Ripa die Befana im Januar über Nacht auch die Socken mit Süßigkeiten fülle. Die Stangona muss sich tief hinunterbeugen, um die Mutter zu umarmen.

Der Eidechsenjunge kann nicht aufhören, an die blonde Frau zu denken. Die Not bedrängt ihn so sehr, dass es in ihm schreit. Ein neuer Sommer kommt. In seinem Zimmer ist es so stickig, dass er sich flach auf den Boden legen muss. Er schluckt trocken, atmet schnell. Die Mutter sagt, so komme der Husten erst recht, das Fieber sei wohl schon da, sie hole einen Waschlappen. Aber die Hitze steigt in die Schläfen, und der Eidechsenjunge bekommt keine Luft mehr. Er reißt den Kragen seines Hemdes auf, rennt aus der Wohnung und zwei Stufen auf einmal nehmend zum Dachboden hinauf, öffnet die Dachluke und klettert hinaus. Einen Moment lang spürt er ein Schwindelgefühl, loslassen würde den tödlichen Sturz bedeuten, aber er hält sich mit beiden Händen an der Traufe fest, klettert die Dachschräge hinauf und setzt sich rittlings auf den Dachfirst, den Rücken an den Kamin gelehnt. Er atmet auf und schaut in den frühen Abendhimmel. Über ihm kreisen Vögel. Die ersten Sterne funkeln. Die Lunge öffnet sich. Der Junge bleibt sitzen und atmet die warme Luft tief ein. Rasch wird es dunkel, und am Himmel sind nun so viele Sterne, dass es den Eidechsenjungen fast blendet.

Immer, wenn nun drinnen die Luft zum Ersticken wird, steigt der Eidechsenjunge aufs Dach. Hier oben kann er von der blonden Frau träumen, ohne dass sein Körper davon ermattet. Er sieht über die roten Dächer der Altstadt mit den vielen Kaminen. Er bleibt dort sitzen, bis sich abends der Himmel über den Ziegeldächern orange färbt und auf der Gasse die Stimmen verstummen. Tagsüber breitet er die Arme aus. Über ihm ziehen Wolken vorbei, Zugvögel, Flugzeuge, die ihre weißen Streifen zeichnen, und einmal sogar ein farbiger Heißluftballon hoch oben im Blau des Himmels. Der Eidechsenjunge verfolgt ihn mit weit aufgerissenen Augen und winkt ihm zu. Sie alle haben ihre Reise, sie alle ziehen weiter.

Am Abend des ersten Augusts, dem Tag seiner Geburt, sieht der Eidechsenjunge, wie die Kinder mit rot leuchtenden Lampions durch die Gasse laufen. Die Altstadt ist belebt. Wirtshausgrölen steigt herauf. Um diese Zeit beginnt der Sommer abzuklingen. Der Wind frischt auf. Im Haus schlagen die Fenster. Die Echsenhaut zieht sich zusammen. Überall am Berg flackern Erstaugustfeuer. Der Eidechsenjunge nimmt die Taschenlampe aus der Hosentasche und leuchtet in die Nacht zurück, als ob jemand dort oben auf dem Berg sehen könnte, wie hier auf dem Dach ein gefangener Junge liegt.

Emmy verrät er von seinem neuen Rückzugsort nichts. Sie hat ihre roten Haare gestutzt und die Mädchenkleider und die bunte Perlenkette in eine Ecke geworfen. Wenn der Eidechsenjunge nachmittags zu ihr in die Wohnung kommt, liegt sie mit einem Plattencover in der Hand auf dem Boden und hört Musik. Sie träume davon, wegzugehen, sagt sie. Der Eidechsenjunge zieht eine Ansichtskarte aus seiner Hosentasche, die er vom Professore erhalten hat, diesmal aus Spanien. Er prahlt, er werde als erster weggehen, der Professore warte sicher irgendwo auf ihn, und er werde alleine gehen, ohne Eltern, ohne Emmy.

Emmy zeigt sich wenig beeindruckt. Sie hat gegen den Willen ihres Vaters die Wände ihres Zimmers giftgrün gestrichen und streitet ununterbrochen mit ihrer Mutter. Der Vater sagt, mit der Schule sei sie bald fertig, sie solle sich für eine Lehre entscheiden. Emmy wehrt sich mit Händen und Füßen dagegen. Sie hat sich in den Kopf gesetzt, aufs Gymnasium zu gehen. Sie strengt sich an und besteht die Aufnahmeprüfung. Danach tut sie, was sie will.

6

Als der Cousin ganz unerwartet bei ihnen auftaucht, lässt die Mutter vor Überraschung fast die Gläser fallen, die sie gerade in die Kredenz stellen will. Sie umarmt ihren Neffen stürmisch. Sie ruft den Eidechsenjungen: »Komm, komm in die Küche, schau, wer da ist!« Sie holt das alte Foto hervor, das vor Nonna Assuntas Haus aufgenommen wurde: »Weißt du noch, das ist er hier, das ist dein Cousin.« Der Eidechsenjunge reicht dem Cousin die Hand. Dieser drückt sie so fest, dass der Eidechsenjunge zusammenzuckt. Der Cousin hat leuchtende Augen und ein Gesicht des Südens. Er hat halblanges, schwarzes, nach hinten gegeltes Haar und ein spitzbübisches Lächeln, das es einem leicht macht, ihn zu mögen. Er wohnt schon seit ein paar Monaten im Gastland, in einer anderen Stadt. »Warum hast du dich nicht schon früher gemeldet?«, fragt die Mutter. Der Cousin zuckt mit den Achseln.

Seine Verlobte Christine hat ihn gerade verlassen. Jetzt sucht er eine neue Bleibe und eine Arbeit. Nach Ripa will er nicht zurück. Der Zio hat gesagt, er sei selber schuld, er habe sich von dieser Christine ins Gastland entführen lassen.

Die Mutter sagt, der Cousin könne vorerst bei ihnen bleiben. Der ist erleichtert, aber er redet immer nur von Christine, wie hinterlistig und gemein sie gewesen sei, wie sie ihn reingelegt habe.

»Du hast sicher auch schon eine Freundin«, lacht er zum Eidechsenjungen, »ach, die Frauen!« In Ripa gebe es drei Arten, fährt er fort. Die wie seine Mamma, die als Hausfrau verbitterten, dann die halb nackten Showgirls, die ununterbrochen im Fernsehen aufträten, und schließlich die Models, die nackt auf dem Pirellikalender ihre Reize in Szene setzten. Keine komme an Christine heran!

»Ich weiß, ich bin auf sie reingefallen, aber wenn du sie sehen würdest!«

Der Cousin zündet sich eine Zigarette an. »Ich war eben noch viel zu jung«, fährt er fort, »mach du nicht den gleichen Fehler!« In Ripa sei es für die Jungen schon schlimm genug. Keine Arbeit, keine Mädchen, kein Tanzlokal, rein gar nichts. Im Sommer sei er jeweils nach Rimini abgehauen und habe als Bademeister dort gut verdient. Es sei eine unbeschwerte Zeit gewesen. Er habe nicht viel tun müssen: morgens die Lehnstühle und Sonnenschirme aufstellen und dann den ganzen Tag die Gäste bei Laune halten. Er sei dafür begabt gewesen. Die Urlauber aus dem Norden hätten ihn gemocht, Männer wie Frauen hätten seine südländische Unbeschwertheit geschätzt.

Der Cousin kann dem Eidechsenjungen ein Lächeln entlocken. »Was kann man hier so machen? Wo gibt es die schönsten Mädchen?«, fragt er. Der Eidechsenjunge zieht verlegen die Schultern hoch und schaut weg. Und wenn der Cousin mit ihm nach draußen will, findet er immer eine Ausrede. Zum Glück redet der Cousin so gern.

Der Eidechsenjunge bittet ihn, von Rimini und vom Meer zu erzählen. »Oh, das Meer!«, schwärmt der Cousin.

Wenn er nachts von seinem Fenster übers Wasser gesehen habe, hätten sich dort draußen Lichter bewegt. Das habe ihn immer traurig gestimmt. Eigentlich habe er Matrose werden wollen. Eine Geliebte in jedem Hafen, das wäre es doch gewesen! Er sei ein paar Mal nachts mit den Fischern hinausgefahren. Das werde er nie mehr vergessen. »Nachts ist das Meer glatt und ruhig, das kann man sich nicht vorstellen. Man hört nur das Eintauchen und Ziehen der Ruder, die Fischer bleiben stumm. Und man wartet, bis die Fische anbeißen, man fühlt den Morgen langsam kommen, und plötzlich ist es hell.« Der Eidechsenjunge setzt sich aufs Sofa und hört gebannt zu. »Du bist immer noch derselbe«, unterbricht sich der Cousin, »du willst immer, dass man dir etwas erzählt.«

Dann fährt er fort: »Ich hätte wirklich Fischer oder Matrose werden sollen, dann wäre mein Leben anders verlaufen.« Nonna Assunta sei ihn einmal am Meer besuchen gekommen. Er habe sie an den Strand geführt. Sie habe sich aber nicht ausziehen wollen, sie habe nur dagesessen in ihrem dunklen Kleid und aufs Meer gestarrt. Später habe sie noch gesagt, was es für eine Schande sei, alle die hässlichen Hintern zur Schau zu stellen. Der Cousin muss laut lachen, wenn er sich an Nonna Assunta erinnert. Der Eidechsenjunge lacht mit. »Ja«, sagt der Cousin, »du warst ihr Liebling.«

Am Meer sei es im Juli so heiß, erzählt er dann weiter, dass man es in Kleidern nicht aushalte. Manchmal habe er splitternackt auf dem Balkon gestanden und die Arme weit ausgebreitet, um den Körper abzukühlen.

Die Nächte habe er in der Disco verbracht, es sei grenzenlos gewesen. Sein Charme habe ihm die Frauen regelrecht zugetrieben. Es habe nur so gewimmelt von Touristinnen, die ein Abenteuer erleben wollten. Fast jede Nacht sei eine in seinem Bett gelandet. Morgens hätten sie sich mit einem Kuss verabschiedet. Beide hätten gewusst, dass es nur für eine Nacht war und dann auf Nimmerwiedersehen. Den ganzen Sommer lang habe er fast nicht geschlafen.

Eines Nachts sei Christine in der Disco erschienen. Wie ein Tiger habe sie dagestanden. Sie habe sich umgeschaut und ihn ausgewählt. Sie sei sofort zur Sache gegangen, denn sie habe gewusst, dass sie nur fünf Tage Zeit haben würden. Mit Christine sei es anders gewesen als sonst. Sie habe entschieden, wen sie wollte. Und sie habe ihn genommen. Sie habe ihn mehrere Male in Ripa besucht. Sie seien miteinander verreist. Alle hätten sie für Fidanzati gehalten. Dann habe Christine ihn ins Gastland geholt. Für die Zia und den Zio habe das als Verlobung gegolten, der logischerweise eine Heirat folgen würde. Er habe rasch Tritt gefasst, die Sprache halbwegs gelernt. Christine habe ihm Arbeit als Kellner besorgt, er sei bei ihren Freundinnen angesehen gewesen. Dann aber habe sie ihn von einem Tag auf den anderen aus der Wohnung geworfen. Es sei für ihn eine Blamage.

Wenn er von Christine spricht, zeigt sich seine Gereiztheit, wie er eine Zigarette bis zur Hälfte raucht, sofort eine neue anzündet und ständig unruhig auf die Uhr blickt.

Nach zwei Tagen endlich sagt die Mutter dem Cousin, was mit dem Jungen wirklich los ist. Erst jetzt scheint er zu merken, wie der Eidechsenjunge manchmal in einer Ecke kauert, auf den Boden starrt und irgendetwas vor sich hin sagt.

»Für mich ist er wie ein kleiner Bruder«, flüstert der Cousin.

Die Mutter weint: »Wie das alles nur so weit kommen konnte. Du glaubst, er sitze da und hänge einfach seinen Gedanken nach, aber dann merkst du, dass er in einer ganz anderen Welt lebt. Ich kann mit ihm nicht mehr reden. Ich glaube, er ist krank.«

Der Cousin überlegt, wie man den Eidechsenjungen aus dem Haus locken könnte. »Nein, nein«, fährt die Mutter hoch, »du kannst nichts machen, wir haben alles probiert. Aber seit du hier bist, ist er ruhiger.«

»Man darf ihn nicht drängen«, gibt ihr der Vater recht, »das macht es nur schlimmer. Stell dir vor, was passiert, wenn sie dahinterkommen.« Dann sagt der Vater, das werde bald alles ein Ende haben, denn sie wollten endlich zurück nach Ripa. Wann denn der Cousin das letzte Mal im Haus gewesen sei?

»Es ist schon eine Weile her«, antwortet der Cousin, »aber es wird ein tolles Haus, ihr werdet es dort schön haben.«

Dann will der Cousin doch ein paar Monate bei ihnen bleiben und fragt den Vater, ob er ihm nicht eine Arbeit auf der Baustelle besorgen könne.

Der Cousin ist ein Mensch, der den ganzen Raum füllt mit seiner Präsenz, und er kann seine Unbeschwertheit auf den Vater übertragen. Er nennt ihn Zio Alcindo, und zur Mutter sagt er Zia Liria. Er findet immer die richtigen Worte, um sie um etwas Geld anzupumpen. Die Eltern lachen wie schon lange nicht mehr, und der Cousin lacht, weil sie so lachen müssen. Dühr hat gesagt, der Vater könne ihn auf die Baustelle mitbringen. Am Abend, wenn er nicht ausgeht, sitzt er mit ihnen vor dem Fernseher, bis der letzte Film zu Ende ist, und am Samstag begleitet er sie zum Einkaufen. Zum Eidechsenjungen redet er sanft, er zeigt sich fürsorglich und versucht immer wieder, ihn aufzuheitern. Tagsüber ist der Eidechsenjunge allein, oder er geht zu Carlos oder trifft sich mit Emmy auf dem Dachstock. Am Abend wartet er auf den Cousin und freut sich, ihm zuzuhören. Manchmal ist auch Emmy da, und dann plaudern sie alle drei vor dem Fernseher wie alte Schulfreunde.

7

Die Kollegen des Vaters kommen nur noch selten zu Besuch, und der Vater geht abends auch fast nie mehr aus. Er sagt, er sei zu müde. Wenn aber im Fernsehen ein Fußballspiel oder ein Autorennen übertragen wird, dann kauft die Mutter Bier und macht ein großes Blech Focaccia, denn der Vater bringt ein paar Freunde mit. So auch in der Nacht des 30. Oktober 1974, als das halbe Haus wach bleibt, um den Boxkampf, über den überall schon seit Tagen geredet wird, am Bildschirm zu verfolgen. Der Eidechsenjunge sitzt gespannt neben dem Vater. Die Kollegen wissen inzwischen Bescheid, sie wissen auch noch von anderen Kindern, die versteckt werden. »Als ob das ein Trost wäre«, sagt die Mutter, aber der Vater will jetzt nichts davon hören. »Für einmal an etwas anderes denken!«, schimpft er.

Im Wohnzimmer wird es schnell stickig. Die Männer rauchen, ziehen das Hemd aus und sitzen da mit ihren ärmellosen Unterleibchen über der haarigen Brust. Sie trinken eiskaltes Bier und greifen mit ihren rauen Händen zur Focaccia. Der Cousin kommt auch dazu. Alle reden durcheinander, so laut sie können, sie wetten, wer gewinnen wird, und der Vater brüllt am lautesten in das Stimmengewirr hinein. Er hat bereits das dritte Bier getrunken und beginnt zu singen: »O sole mio …« Der Cousin klatscht und ruft: »Zugabe, Zugabe!« Der Kampf ist in vollem Gang. Der Vater ruft: »Schluss, nächstes Jahr gehen wir zurück.

Ich gründe zu Hause eine eigene Firma, ihr könnt alle kommen und für mich arbeiten, und dem Burschen hier werde ich die Arbeit auf der Baustelle beibringen, er ist geschickt, mein Junge, es ist nicht zu spät.«

»Ja«, ruft der Cousin, »das ist ein schlauer Bursche!«, und klopft dem Eidechsenjungen auf die Schulter. Die anderen hören gar nicht zu, denn der Kampf ist in die entscheidende Phase gekommen.

»Das machen wir so, nächstes Jahr«, ruft der Vater dem Eidechsenjungen zu. Doch der verfolgt Muhammad Alis Bewegungen so aufmerksam wie kein anderer. Er schaut genau zu, wie sich Ali weit zurücklehnt und die Trommelschläge seines Gegners abfedert. Er ist ein Schrank von einem Mann, sogar massiger als der Padrone, denkt sich der Eidechsenjunge, aber er tänzelt und schwebt im Ring wie ein Schmetterling. Siebeneinhalb Runden lang steckt er alles weg, was Foreman in den Fäusten hat. Ali verbleibt in der Doppeldeckung, provoziert den zuerst ungläubig, dann ungeduldig, schließlich ratlos gewordenen Gegner mit blitzschnellen Attacken und fiesen Sprüchen. Zwölf Sekunden vor dem Gong prallt eine Rechte an Foremans Kopf, und als dieser wie in Zeitlupe auf die Matte niedertorkelt, heben die Männer im Wohnzimmer die Arme hoch und jubeln so laut, dass sie das kreischende Publikum im Fernsehkasten übertönen. Nur der Eidechsenjunge schweigt und geht in Gedanken nochmals Alis Bewegungen durch, die Flugbahn der Rechten, der Linken, den Sinkflug des Kopfes, des Rumpfes, die Rückwärtsbewegung, die Körpertäuschung nachahmend, und vor allem die Schritte zählend, so viele einzelne Schritte in dem engen Boxring. Sie sind nicht aufzuhalten, die Schritte. Der Eidechsenjunge kann sie nicht zu Ende zählen. Es sind Schritte am Ort, die den mächtigen Ali leicht wie eine Feder schweben lassen.

»Das will ich auch können«, denkt sich der Eidechsenjunge, als müsste er sich auf einen Kampf vorbereiten.

Die Männer bleiben noch lange sitzen. Sie werden noch lauter und sprechen jetzt über Politik. Einer sagt, er habe im Fernsehen gesehen, wie der Mann mit der ewigen Pfeife wieder einmal seelenruhig erklärt habe, im Land gebe es viel zu viele Gastarbeiter, so und soviele müssten zurück nach Hause. Die Mutter versteht nicht, worüber sich der Mann mit der Pfeife zu beschweren hat. Sogar der Padrone schimpfe über ihn, kommt der Vater dazwischen, weil er seine Arbeiter wegschicken wolle. Der Padrone habe auf der Baustelle dem Vater gesagt, er brauche sich keine Sorgen zu machen, als Erstes seien Familien mit Kindern dran.

8

Für die Silvesterfeier hat die Mutter Linsensuppe mit Wurst gekocht. Der Cousin hat einen Panettone mitgebracht. Emmy hat ein neues Kleid angezogen und der Mutter Blumen geschenkt. Nach dem Essen stellt der Vater eine Tischbombe auf den Küchentisch. Genau um Mitternacht geht sie hoch. Gleichzeitig lässt der Cousin den Spumante knallen. Der Eidechsenjunge starrt auf die Flasche und verschwindet wortlos in sein Zimmer. Dort bleibt er eingeschlossen. Die Mutter kommt zwei, drei Mal an die Tür klopfen. Der Eidechsenjunge antwortet nicht. Dann versucht es der Cousin. Ihn lässt der Eidechsenjunge eintreten.

»Du musst keine Angst haben, es wird dir nichts geschehen. Du hast deinen Vater gehört. Ihr geht bald nach Ripa zurück. Ich komme dann auch. Wir helfen deinem Vater, und wenn er dann einmal in Pension geht, übernehmen wir zwei die Firma, was hältst du davon? Und diese Emmy, sie ist schön, ein gutes Mädchen. Frag sie doch, ob sie deine Freundin sein möchte.«

Das Gesicht des Cousins lodert vor den matten Augen des Eidechsenjungen.

»Ich kann hier nicht weg. Wenn sie mich entdecken, bringen sie mich an einen Ort, wo man kranke Menschen einsperrt, ich weiß es genau. Nur kann ich mich nicht mehr so verstecken wie früher.«

»In Ripa weiß doch niemand, dass du hier versteckt warst!«

»Ich kann kämpfen. Wenn es darauf ankommt, kann ich kämpfen!«

Der Cousin senkt entmutigt den Kopf. Dann sagt er, er habe ein Geschenk, eine Überraschung.

Am folgenden Tag schleppt er mit drei Kumpels einen Flipperkasten in die Wohnung. »In der Bar in Ripa haben wir stundenlang Flipper gespielt, es gab ja nichts anderes. Ich zeig dir, wie es geht. Damit kannst du dir die Zeit vertreiben.«

Dem Eidechsenjungen gelingt es nie, gegen den Cousin zu gewinnen. Der Cousin hat bereits als Kind eine eigene Technik entwickelt: Er spielt mit den Ringfingern, hält den Oberkörper ruhig und bewegt nur die Beine. Er sagt, das Spiel erfordere den Einsatz des ganzen Körpers. Die Position der Füße, die Neigung des Oberkörpers, alles beeinflusse den Erfolg. Und er macht dem Eidechsenjungen immer wieder vor, wie man im richtigen Augenblick durch eine Bewegung mit dem Knie, dem Fuß, der flachen Hand, mit einer Faust, wenn nötig mit beiden Fäusten oder auch nur mit den Fingern der Kugel den richtigen Impuls gibt. Das Klingeln und Ruckeln hört man in der ganzen Wohnung, und wenn er nicht zu müde ist, spielt der Vater auch mit.

Zwischendurch spricht der Cousin vom großen Geld. Die Arbeit auf der Baustelle sei ihm viel zu anstrengend. Er wolle etwas anderes machen, wo man mehr verdiene und weniger schufte. Er sagt den Eltern nie genau, was er gerade treibt.

Am Abend, wenn sie am Tisch sitzen, sagt er, er wolle sich nicht mehr ausnutzen lassen. Als er dann noch über Christine schimpft, überkommt ihn eine große Traurigkeit. Von einem Moment auf den anderen kann er aber wieder von ansteckender Fröhlichkeit sein. Er boxt mit dem Vater, hebt die Mutter in die Luft und tanzt mit ihr. Es sei eigentlich besser so, sagt er dann, mit Christine hätte es auf Dauer nicht geklappt. Die Mutter lacht mit und rät ihm, er solle sich doch ein nettes Mädchen nehmen, am besten eines aus Ripa, er solle heiraten und Kinder haben. In Ripa lebe es sich besser.

Aber der Cousin geht dann doch nicht nach Ripa. Er wirkt gehetzt, kann sich plötzlich teure Sachen leisten. Im Ausschnitt seines Hemdes blitzen zwei neue goldene Halsketten, und er prahlt mit einer Uhr, die, wie er sagt, aus Gold sei. Er springt auf, wenn das Telefon klingelt. Schließlich verschwindet er Hals über Kopf, weil er Probleme mit der Polizei hat.

9

Der Vater hat die Rückkehr wieder einmal verschoben. Die Mutter kann schon nicht mehr daran glauben. Der Eidechsenjunge redet kaum mehr ein Wort mit ihnen. Er macht sich insgeheim für den Kampf bereit. Er passt schon lange nicht mehr in den Schrank in der Stanza in fondo, seine Füße ragen über den Bettrand hinaus, als Verstecke bleiben nur noch das Verlies auf dem Dachboden und das Dach. Er geht Alis Bewegungen immer wieder durch, vor dem Spiegel und mit geschlossenen Augen, er macht Liegestützen und Kniebeugen, schwitzt und schnaubt, dass ihm die Knochen wehtun.

»Ich habe als Kind die Wölfe vertrieben, ich bin dem Polizisten entkommen, wenn mich jetzt jemand holen will, werde ich ihn töten.«

»Was redest du da!«, sagt Emmy, die in ihrem Zimmer über den Hausaufgaben sitzt.

»Ich trainiere jetzt, schau dir meine Muskeln an.«

Der Eidechsenjunge zieht das Leibchen hoch. Trotz der vielen Kraftübungen ist er dünn und drahtig geblieben.

Emmy sieht mit großen Augen all die vernarbten Verletzungen an, sie gleitet mit der Hand über die geschundene Haut. Das komme vom Kriechen, Springen, sich Stoßen und an den Wänden entlang Schrammen, erklärt der Eidechsenjunge stolz. Die meisten Wunden sind jetzt nur noch helle Striche auf der Haut, aber eine schwulstige Narbe zieht sich von der Wirbelsäule bis zum linken Schulterblatt. Dort will Emmy den Eidechsenjungen nicht berühren. Sie sagt: »Schau, ich habe auch eine Narbe.« Sie zieht ihre Hose runter und zeigt dem Eidechsenjungen eine Stelle an der Hüfte. Er mustert Emmy wie eine Beute. Sie dreht verlegen den Kopf zur Seite und lässt ihr rotes Haar vors Gesicht fallen.

Der Eidechsenjunge senkt den Blick. Dann plötzlich umklammert er Emmy. Er drückt sie an sich, immer fester, bis sie sich zu wehren beginnt. Sie bittet ihn, loszulassen, es werde ihr bange. Aber der Eidechsenjunge drückt ihr Gesicht so fest an seine Brust, dass sie weder weinen noch schreien kann. »Du tust mir weh!«, sagt Emmy zornig, nachdem sie der Eidechsenjunge endlich losgelassen hat.

»So geht das nicht«, wiederholt Emmy, »du darfst nicht so grob sein.« Der Eidechsenjunge nickt. Er streichelt sie erst über den Kleidern, dann an der Haut, zunächst sanft, aber dann schon wieder mit zu viel Kraft. Sie muss sein Drängen in Schach halten. Sie sagt: »Komm, ich zeige es dir.« Sie lässt Wasser in die Badewanne ein. Sie zieht sich aus. Dampfend rauscht das Wasser. Emmy macht so viel Schaum, bis man nichts mehr sieht. Unter dem Schaum streift sie mit der Hand das Geschlecht des Eidechsenjungen. Sie fühlt, wie es anschwillt. Sie zeigt dem Eidechsenjungen die Stellen, wo sie geküsst werden will. Sie fasst ihn an den Haaren, wenn seine Lippen zu fest an ihre Haut drücken.

Sie sagt: »Langsam, sanft, tu mir nicht weh!«

Aber der Eidechsenjunge kann seinen Händen nicht befehlen, wie sie sich zu bewegen haben, sie greifen, sie packen, sie kratzen.

»Nicht so, das tut weh«, sagt Emmy mit brüchiger Stimme.

Mit einer ruckartigen Bewegung löst sie sich vom Eidechsenjungen, steigt aus der Badewanne, legt sich ein Badetuch um die Hüften und verschwindet aus dem Badezimmer.

Im Sommer macht Emmy ihre Matur. Anschließend geht sie für drei Wochen mit einer Freundin auf Velotour. Als sie zurückkommt, ist sie verändert. Sie ist mal innig und anschmiegsam und dann wieder herrisch und distanziert. In allem, was sie tut, liegt eine Verbissenheit. Sie trägt hohe Schuhe und enge Hosen. Ihre Nägel sind bunt lackiert. Und sie wünscht sich einen festen Freund. Der Eidechsenjunge beobachtet durch die Dachluke, wie Emmy immer eilig durch den Innenhof geht. Dabei sieht er ihr rotes Haar in der Sonne leuchten.

Sie sagt, sie wolle erst einmal Geld verdienen. Sie arbeitet in einer Bar im neuen Stadtteil. Am Wochenende kommt sie spät nach Hause. Manchmal ist sie leicht beschwipst und lacht nur. Zu Hause ist es ihr zu eng, die Ansichten ihrer Mutter sind ihr zu borniert.

In der Wohnung des Eidechsenjungen geht sie ein und aus. Sie kommt in die Küche, nimmt eine Orange aus der Schale, lässt sich auf die Holzbank fallen und beißt in die Frucht, als wäre sie ein Apfel. Die Mutter sagt: »Du musst sie wenigstens waschen!« Emmy zuckt nur mit den Schultern. Die Hälfte ist schon weggebissen. Emmy muss gar nichts.

Sie hat neuerdings viele Verehrer. Einer kommt sie regelmäßig besuchen, ein aufgestellter Typ, der Emmy zum

Lachen bringt. Er geht im Handstand die Treppe hoch. Wenn er den letzten Treppentritt erreicht, legt sich Emmy bäuchlings auf den Boden und küsst ihn. Am Abend, wenn sie wieder allein ist, sagt sie dem Eidechsenjungen: »Du bist trotzdem der einzige liebe Mensch.«

Einmal besteht sie darauf, dass sie zusammen auf ein Fest gehen. Sie treibt anständige Klamotten auf und putzt ihn heraus. Der Eidechsenjunge ist fest entschlossen, endlich den Schritt zu wagen. Er steht neu eingekleidet vor dem Spiegel, und Emmy ist entzückt.

Als der Eidechsenjunge an der Tür auf Emmy wartet, schwindet sein Mut dahin, und er rennt auf den Dachstock. Emmy versteht nicht, was passiert. Sie sieht die offene Tür. Sie tritt ins Treppenhaus und setzt sich auf eine Stufe. Zuerst wartet sie, fünf Minuten, zehn Minuten. Dann beginnt sie, den Namen des Eidechsenjungen zu rufen, zuerst nur leise, dann immer lauter. Der Eidechsenjunge hört ihre Stimme und hofft, dass sie endlich aufgibt. Nach mehr als einer Stunde steht Emmy endlich wütend auf und geht allein. Der Eidechsenjunge hört, wie sie die Tür zuschlägt. Im ganzen Haus ist es plötzlich gespenstisch still.

In der kommenden Nacht schleicht der Eidechsenjunge in Emmys Wohnung und bleibt eine Weile vor ihrem Zimmer stehen. Er macht die Tür auf, legt sich zu ihr ins Bett und umarmt sie. Sie zwickt ihn mit aller Kraft am Arm und in den Bauch, so fest, dass sich ihre Fingernägel in seine Haut bohren. Dann umarmt sie ihn auch, und sie küssen sich.

10

In den darauffolgenden Wochen ist Emmy sehr anhänglich und verständnisvoll zu dem Eidechsenjungen. Von der Arbeit in der Bar hat sie genug. Sie sagt, sie wolle jetzt Rocksängerin werden. Von einem Leben mit dem Eidechsenjungen redet sie nicht mehr. Zusammen mit ein paar Jungs gründet sie kurzerhand eine Band. Sie haben sich im alten Kohlenkeller, der vom Innenhof aus zugänglich ist, einen Probenraum eingerichtet. Die Wände haben sie mit Eierpackungen beklebt. Der Eidechsenjunge will sich in einem Verschlag dort versteckt halten. »Wenn du unbedingt willst!«, sagt Emmy genervt. Sie hat bei Dühr persönlich um den Raum gebeten, und der hat gegen Beeris Willen zugesagt. Dühr ist von Emmy angetan. Sie zaubert ihm regelmäßig ein Lächeln ins Gesicht. Er liebt ihr Temperament, die Entschlossenheit, mit der sie die Dinge anpackt. Er sagt, so eine Tochter hätte er gern gehabt.

Beeri aber ist die Band ein Dorn im Auge. Er klopft regelmäßig gegen die Tür, um sich über den Lärmpegel zu beklagen. Er holt Emmy ins Treppenhaus, dass sie selber merkt, wie es im ganzen Haus dröhnt, aber wenn sie zurückkommt, dreht sie den Verstärker noch lauter auf.

»Ich werde einmal mit meiner Band im Stadion spielen«, sagt sie.

Emmy kommt barfuß oder mit zwei ungleichen Turnschuhen, einer rot, der andere blau, in den Probenraum, die Haare nach hinten gekämmt und mit einer Klammer hochgesteckt. Sie sieht umwerfend aus. Der Eidechsenjunge sitzt zusammengedrückt hinter der Bretterwand und späht durch die Ritze in Emmys Rücken. Er sieht, wie sie entschlossen das Mikrofon hält und wie sie im Takt über das Mikrokabel hüpft. Manchmal streitet sie sich mit den Musikern, weil sie nicht so spielen, wie sie will. Dann kommt es dem Eidechsenjungen vor, als wäre Emmys Gesang voller Wut. Das Schlagzeug lässt die Wände zittern, die Bässe und das Gitarrengehämmer bohren sich in den Bauch des Eidechsenjungen. Sein Kopf und die Ohren schmerzen. Er presst mit angehaltenem Atem die Handflächen an die Schläfen.

»Warum tust du dir das an?«, fragt Emmy. Der Eidechsenjunge weiß keine Antwort. Er will dort sein, wo Emmy ist. Er ist ganz bleich. Emmy hat ein starres Gesicht und will nichts mehr hören. Der Eidechsenjunge schweigt verstört. Jeden Mittwoch und jeden Freitag geht das so. Emmy sagt, die Band sei ihr das Wichtigste überhaupt. Sie plant ein Konzert im Jugendzentrum, aber dann springen die Jungs plötzlich ab, weil sie keine Lust mehr haben. Emmy fährt in die Höhe und wünscht der ganzen Welt nur Unglück und Verderben.

Danach tut Emmy sich mit Onofrio zusammen, der inzwischen an die Universität geht und immer noch Klavierstunden nimmt. Er kauft sich einen Synthesizer und Emmy lernt Gitarre. Sie finden einen Schlagzeuger und einen Bassisten. Sie spielen Italocovers und werden die Begleitband für den Gesangswettbewerb, den die Gastarbeiter in ihrem Klubsaal veranstalten. Es kommen Kinder und Jugendliche in den Keller zum Proben. Manche werden von den Eltern gedrängt. Sie weinen oft, weil sie das gar nicht wollen. Sie blicken mit großen feuchten Augen zu Onofrio hinauf. Es sind auch Erwachsene dabei. Die sind besonders verbissen, denn für sie ist die Begleitband an allem schuld. Sie wollen ihr Lied nochmals und nochmals wiederholen, bis sie mit heraushängender Zunge ins Mikrofon hecheln. Sie unternehmen halbe Tagesreisen, um an die Proben zu kommen, sie bringen zu essen mit und picknicken im Innenhof, was den Hausmeister in die Verzweiflung treibt. Und auch da will der Eidechsenjunge stundenlang in seinem Verschlag ausharren. Emmy kann es nicht mehr verstehen. »Wie lange soll das noch so weitergehen?«, sagt sie zähneknirschend.

Wenn die Wettbewerbsteilnehmer ihre Lieder proben, kann der Eidechsenjunge für einmal friedlich dahindämmern. Es sind meistens ältere Lieder, die er von früher kennt, weil die Mutter oder Nonna Assunta sie gesungen haben, *Una lacrima sul viso, Rose rosse per te, Tu vuo fa l'americano,* solche Sachen. Wenn die Kinder nicht ständig weinen und die Erwachsenen sich nicht beklagen würden, könnte der Eidechsenjunge für eine Weile sein Leben als Gefangener vergessen. Zum Glück hat Onofrio eine Engelsgeduld. Er bringt es fertig, dass am Schluss jeder sein Lied einigermaßen vortragen kann.

Der Eidechsenjunge bleibt noch eine Weile in seinem Versteck. Wenn er herauskriecht, ist niemand mehr da, auch Emmy nicht.

11

Emmys neuer Freund, ein klein gewachsener, sportlicher Bursche, der eine Maurerlehre macht, wartet im Innenhof, mit gekreuzten Beinen an die Hauswand gelehnt. Der Eidechsenjunge steht am Fenster. Er schiebt den Vorhang zur Seite. Ein Feuer brennt in seiner Brust, die Muskeln ziehen sich zusammen, die Zähne knirschen. Dieser Freund plaudert die ganze Zeit mit Emmy, und er geht mit in ihr Zimmer.

Auf dem Dachboden trainiert der Eidechsenjunge Alis Bewegungen, jeden Schritt, jeden Schlag. Wieder zählt er die Schritte, lautlose Kampfschritte. Beim dreißigsten Liegestütz berührt der Bauch der Eidechse den Boden. Der zugespitzte Kopf, der auf einem länglichen Körper sitzt, bleibt gesenkt, während sich der Junge über den staubigen Fußboden windet, bis die nächsten dreißig Liegestütze an der Reihe sind.

Als er am Abend die Tür von Emmys Wohnung schlagen hört, stürzt der Eidechsenjunge ins Treppenhaus und versetzt Emmys Freund einen wuchtigen Faustschlag ins Gesicht. Emmy geht dazwischen und schiebt den Eidechsenjungen in eine Ecke. Der Freund steht entgeistert da und wischt sich das Blut von der Lippe. Emmy sagt, er solle jetzt besser gehen. Dann dreht sie sich zum Eidechsenjungen und faucht: »Wie werde ich dich nur los?«

Kurz darauf geht Emmy als Au-pair-Mädchen in eine weit entfernte Stadt. Der Eidechsenjunge bleibt allein zurück. Er will nichts mehr sehen, nichts mehr hören. Aber die Welt lärmt herauf zu ihm, als wollte sie das nicht zulassen. In seiner Klause auf dem Dachboden hat eine dicke Staubschicht das Bild der Madonnina zugedeckt. Der Eidechsenjunge sucht nicht mehr nach Nonna Assuntas Stimme.

Er bleibt jetzt viele Stunden dort oben wie festgenagelt sitzen und verliert allmählich das Gefühl für jede Bewegung. Die Glieder erstarren, ein Dröhnen breitet sich im Kopf aus, es hämmert gegen die Schädelwand, bis dem Eidechsenjungen der Atem im Halse stecken bleibt. Wenn er wieder aus seinem Versteck hervorkriecht, hat er keine Kraft in den Beinen und spürt einen stechenden Schmerz im Rücken. Auch wenn er leise auftritt, knarrt die Treppe. Es braucht eine Weile, bis er sich wieder schmerzfrei bewegen kann, bis er einigermaßen geschmeidig an den Wänden entlanggleiten kann. Er muss sich oft hinlegen, sich mehrmals aus dem Lavabo mit beiden Händen Wasser ins Gesicht schaufeln, um das Schwindelgefühl loszuwerden. Es ist eine Zeit wie im Winterschlaf, warten auf nichts, nur hoffen, dass Emmy wiederkommt. Aber Emmy kommt nicht. Die Einsamkeit frisst sich durch den Körper. Mit dem Bügeleisen brennt sich der Eidechsenjunge eine Wunde in den Oberarm, damit eine Spur bleibt vom Zorn, der sich in ihm eingenistet hat.

12

Es vergeht mehr als ein Jahr, da taucht Emmy plötzlich wieder auf. Der Eidechsenjunge hört ihre raschen Schritte auf der Treppe. Emmy ist mager geworden, sie hat ganz kurze Haare, die so noch röter leuchten, und ihre großen Augen, die nie aufhören, ihr Gegenüber zu erforschen, wirken matter. Sie ist gut gelaunt. Die Eltern des Eidechsenjungen sind gerade in Ripa, um am Haus die letzten Sachen zu machen.

»Du bist ja immer noch da«, sagt Emmy, als sie durch die Tür tritt. Sie gibt nicht preis, ob sie sich darüber freut oder ob sie es traurig findet. Emmy zündet sich eine Zigarette an. Sie sagt, sie rauche schon eine Weile. Der Eidechsenjunge wedelt sich mit der Hand den Qualm aus dem Gesicht. Er spricht vom Alleinsein, von der Angst, der Unmöglichkeit, das Haus zu verlassen. »Reden wir über etwas anderes«, sagt Emmy.

Sie hat viel zu erzählen. Sie ist von der Familie, bei der sie auf die Kinder aufpassen musste, abgehauen. Sie ist herumgereist, per Autostopp, bis ans Meer. Dorthin wolle sie auch zurückgehen. Sie müsse ihre Mutter um etwas Geld anpumpen. Sie spricht hastig. Sie fragt: »Kann ich bei dir duschen?«, geht ins Bad und erzählt weiter. Ab und zu ist sie für einen Moment still.

Am anderen Tag schaut sie nur noch schnell vorbei, strahlend und euphorisch, als würde sie auf ein Fest gehen.

Sie küsst den Eidechsenjungen auf die Stirn, sagt: »Also dann«, und ist wieder weg.

Im Sommer bekommt der Eidechsenjunge von ihr einen langen Brief aus Südfrankreich. Emmy beschreibt die Landschaft, die Hügel, die zum Meer hinabfallen, die duftende Luft, die malerischen Buchten. Der Blick aus ihrem Zimmer gehe über den Balkon aufs Meer, schreibt sie.

»Heute weht ein starker Wind, hohe Wellen werfen sich ans Ufer, ich wünschte, du könntest das sehen. Und das schöne Licht, es ist so lange hell hier.«

Im Kuvert steckt auch ein Foto: Emmy am Strand in einem Bademantel und einem weißen Tuch, das sie zu einem Turban gewickelt hat. Der Eidechsenjunge pinnt das Foto im Dachstock neben der Madonnina an die Wand.

Etwa zur selben Zeit kommt auch eine weitere Ansichtskarte vom Professore. Mit zittriger Schrift teilt der alte Mann mit, er müsse seine Reise verlängern und wisse nicht, ob er zurückkehre. Falls nicht, sei der Junge der einzige Erbe seiner Bücher. Am Schluss steht: »Postscriptum: Macht euch um mich keine Sorgen!«

Wochen später hört der Eidechsenjunge den Padrone sagen, dass er die Wohnung räumen lasse, wenn sich der Professore nicht bald melde. Er zahle schließlich schon lange die Miete nicht mehr. Er sei wohl verschollen, der alte Spinner. Die Mutter solle nicht mehr dort putzen gehen.

In fremde Wohnungen wagt er sich nicht mehr. Es gibt auch nichts Neues mehr zu entdecken. Der einzige Mensch, zu dem er Kontakt hat, ist Carlos. Er ist schon sehr lange nicht mehr aus dem Haus gegangen. Er muss jetzt gepflegt werden, die Oberschenkel reiben aneinander und werden wund. Er sitzt von morgens bis abends auf dem Sofa vor dem Fernseher oder liegt in seinem Bett. Wenn der Eidechsenjunge vorbeikommt, erzählt Carlos gerne von früher. Er könne sich noch erinnern, wie damals die Kinder hinter ihm her flüsterten und auf ihn zeigten. »Aber *du* könntest doch weggehen«, sagt er schließlich.

Der Eidechsenjunge lehnt am Fensterbrett.

»Meinen Eltern ist es jetzt ernst, sie sind in Ripa gewesen und haben alles vorbereitet. Mein Vater sagt, dass wir nächstes Jahr im Frühling von hier fortgehen. Dass ich nicht mitgehe, wissen sie noch nicht.«

Er warte auf Emmy, sagt der Eidechsenjunge. Sie sei seine Freundin. Sie komme bestimmt zurück, und dann würden sie zusammen verreisen, ans Meer.

»Wenn du einmal fortgehst«, keucht Carlos, »habe ich keinen Freund mehr.« Er erzählt, dass seine Schwester in Spanien geheiratet habe und er auch schon Onkel geworden sei.

13

Um sich auf ein Leben draußen mit Emmy vorzubereiten, geht der Eidechsenjunge nachts wieder hinaus auf die Gasse. Er gleitet eilig die Haustreppe hinunter, öffnet leise die Eingangstür und tritt ins Freie. Er läuft durch das Gewirr der Gassen und schaut hinauf zu den Fenstern, in denen Licht brennt. Wie einst wagt sich der Eidechsenjunge bis zur Brücke über den Fluss, um das vorbeiströmende Wasser zu betrachten. Er lehnt sich weit über die Brüstung, seine Arme und sein Kopf schweben in der Luft, zuweilen lösen sich seine Füße vom Boden, und wenn er von seinem eigenen Körpergewicht fast in die Tiefe gerissen wird, stemmt er sich auf seine Beine zurück. Er geht weiter, streift ziellos umher wie ein streunender Hund, bis er irgendwann wie von selbst wieder vor der Eingangstür des Wohnhauses landet.

Einmal aber steht da ein Taxi mit offener Fahrertür am Straßenrand. Der Eidechsenjunge bleibt stehen und erkennt zwei Männer, die den Taxifahrer aus dem Auto zerren wollen. Der Eidechsenjunge bückt sich, stützt sich mit den Händen auf die körnige Oberfläche des Asphalts. Seine Muskeln spannen sich. Einer der Männer schlägt auf den Taxifahrer ein, der andere wühlt im Inneren des Autos. Der Eidechsenjunge atmet tief ein, bevor er aus der Hocke schnellt und so laut schreit, dass die Kehle schmerzt. Die kreischende Stimme in der Dunkelheit versetzt die beiden

Angreifer in Panik. Sie rennen weg. Der Eidechsenjunge ist jetzt beim Taxifahrer, der am Boden liegt, und hilft ihm auf.

»Diese Feiglinge«, keucht er, »diese verdammten Feiglinge.«

Der Eidechsenjunge riecht den Schweiß und das Blut, das dem Mann an der Wange hinunterläuft. Er hilft ihm wieder ins Auto. Der Mann atmet schwer, so etwa wie Carlos, wenn er die Treppe hochsteigt. Der Eidechsenjunge setzt sich auf den Beifahrersitz. Der Mann bedankt sich und sagt, er heiße Tonino.

Tonino fährt von nun an den Eidechsenjungen durch die Nacht. Er hat ein Gesicht wie eine Eule und eine ganz hohe Stimme. Der Eidechsenjunge erklärt ihm, er gehe nie bei Licht aus dem Haus. Das sei immer so gewesen. Tonino schüttelt den Kopf. So eine verrückte Geschichte, man müsste daraus einen Film machen. Tonino hat wohl alle Filme gesehen, die es gibt. Er kann sagen, wann was in welchem Film geschieht, und er kann die Dialoge auswendig. Der Eidechsenjunge sagt, als Kind habe er auch Filme geschaut, jetzt lasse er den Fernseher ausgeschaltet.

»Die Schauspieler, die haben ein schönes Leben«, meint Tonino. »Am Morgen wachen sie neben einer schönen Frau auf und machen schon wieder Liebe, und danach legen sie sich auf den Rücken und stecken sich eine Zigarette an.«

Dann unterbricht er sich: »Aber du wirst irgendwann auch tagsüber aus dem Haus gehen, oder?«

»Ja«, antwortet der Eidechsenjunge, »wenn meine Freundin zurückkommt, dann gehe ich mit ihr fort.«

In einer Nacht fährt Tonino ziemlich weit aus der Stadt hinaus, und als es keine Lichter mehr gibt, hält er an. Das sei ein Geschenk, weil er ihn gerettet habe, sagt er. Beide schweigen eine Weile. Dann öffnet der Eidechsenjunge die Wagentür, tritt ins helle Mondlicht hinaus und hört zu, wie der Wind in den Bäumen rauscht. In der Ferne bellen Hunde. Der Wind streicht dem Eidechsenjungen das Haar aus dem Gesicht. Er lacht und tritt fest auf dem Boden auf. Er spürt, wie die Erde unter den Füßen knirscht. Er hört das Rauschen des Flusses und streckt die Hand in die Dunkelheit hinaus. Tonino sagt nichts. Er steigt zurück ins Auto, weil er die feuchte Kälte nicht aushält. Dann kurbelt er die Fensterscheibe herunter und ruft: »Komm, wir müssen zurück.«

In der langen Pause nimmt Tonino den Eidechsenjungen mit zu sich nach Hause. Er stellt ihm seine Frau vor. Sie ist klein, hat Waden wie Schinken und einen Flaum unter der Nase. Sie sagt, in der Nacht höre sie, wie Tonino die Tür aufschließe, und dann sei sie wach. Tonino lässt sie nicht ausreden und sagt, sein Freund habe Hunger. Er geht in die Küche und ruft: »Komm, ich mache uns eine Fischsuppe.« Er nimmt die Fische aus, putzt Langusten, Hummer und Krabben, wirft sie ins kochende Wasser, gibt Petersilie hinzu und summt das immer gleiche Lied: »...tu si' 'na cosa grande pe' mme, 'na cosa ca me fa 'nnammura'...« Sein Vater habe früher auch viel gesungen, bemerkt der Eidechsenjunge. »Ach ja?«, sagt Tonino.

Sie essen Fischsuppe, trinken Wein und schauen Filme an, die Tonino auf Kassetten hat. Er kann immer sagen, was als Nächstes passiert oder was die Schauspieler sagen werden.

Nach dem Film fahren sie wieder durch die Stadt. Fahrgäste steigen ein und aus. Manche reden viel, andere gar nichts.

»Jede Nacht dasselbe«, beklagt sich Tonino, »seit mehr als zwanzig Jahren.«

Wenigstens sei er jetzt selbstständig, da könne er tun, was er wolle. Er fahre lieber in der Nacht, dann müsse er seine Frau nicht sehen. Tonino redet die ganze Nacht hindurch, die Dialoge seiner Lieblingsfilme aufsagend, Szene für Szene, um wach zu bleiben. Er niest und hustet. Das feuchtkalte Klima tue ihm nicht gut. In seinem Dorf am Meer habe er nie gehustet. Als er als junger Mann ins Gastland gekommen sei, habe er zuerst nur ein Zimmer ohne Badewanne und nichts gehabt. Er habe seine Kleider nicht waschen können und bestimmt gestunken. Deswegen seien ihm die Frauen davongelaufen. Mit den Schauspielerinnen in den Filmen sei es anders. Die blieben einem treu. Er bewundert jede einzelne, ihre Augen, ihre Beine, ihren Hintern und die Brüste. Anita Ekberg übertreffe alle. Sie sei eine Schwedin. Brüste wie sie habe keine andere. Der Eidechsenjunge sieht ihn aus großen Augen an, die Tonino nicht sehen kann, weil er immer geradeaus schauen muss. Der Eidechsenjunge sagt, der Vater habe damals für Marilyn Monroe geschwärmt. Da lacht Tonino laut heraus: »Ist das dein Ernst?«

So geht es manche Nacht weiter, bis Tonino einmal die Arme gegen das Lenkrad streckt und plötzlich rechts anhält. Als wäre er gerade aus einem Traum erwacht, flucht er, das sei doch eigentlich ein Scheißjob, die ganze Nacht im Auto sitzen und tagsüber schlafen, er habe sein halbes Leben verpasst. Die Leute von hier nach dort fahren, sie gratis unterhalten, und dann nicht einmal ein Dankeschön, erst recht nicht von denen, die über die Fremden schimpften. Sie behaupteten, sie seien Schmarotzer, dabei mache er nichts anderes als arbeiten, arbeiten und schlafen, Fischsuppe essen und ab und zu für fünfzig Franken mit einer Frau zusammen sein.

Einen kurzen Moment schweigt er, und dann ruft er laut heraus: »Scheiß auf die Kunden, scheiß auf das Auto, scheiß auf alles!«

Er sagt, er gehe zurück in sein Dorf. Er zupft den Eidechsenjungen am Arm, er solle doch einfach mitkommen. »Du willst ja ans Meer. Wir suchen deine Freundin. Ist doch besser für dich, sicher besser als jetzt!« Aber der Eidechsenjunge schüttelt nur den Kopf. Er sitzt da, die Hände im Schoß gefaltet, und sagt, er könne unmöglich aus dem Haus weg, er habe alles mit seinen Schritten ausgemessen, anderswo würde er sich nur verirren, keinen Anfang und kein Ende finden.

14

Das Leben im Verborgenen ist keine so gefährliche Sache mehr, denn mit dem Hauswartsehepaar geht es abwärts. Rosi Beeri erleidet einen Schlaganfall, der sie in den Rollstuhl zwingt. Eine Gesichtslähmung macht ihr fortan einen krummen Mund. Der Arzt sagt, es hätte schlimmer kommen können. Die Mutter meint, die vielen Zigaretten seien schuld.

Für den Eidechsenjungen ist der Anblick der Capitana im Rollstuhl derart komisch, dass er sich das Lachen verkneifen muss. Wenn sie allein ist, stellt er sich vor sie hin und schneidet Grimassen. Sie fuchtelt mit den Händen und verdreht noch weiter den Mund. Der Eidechsenjunge lehnt sich nach vorn zu ihr und weicht wie der flinke Muhammad Ali, den er im Fernseher gesehen hat, ihren unkoordinierten Armbewegungen aus.

Jetzt hat Alfons Beeri mehr als sonst alle Hände voll zu tun. Rosi will trotz ihrer Behinderung mit von der Partie sein. Die Mieter müssen Beeri helfen, die Capitana in ihrem Rollstuhl die Treppe hochzutragen. Ist Jakob Dühr im Haus, übernimmt er diese Aufgabe allein. Keiner ist so stark wie der Padrone. Die Wohnungstüren gehen auf. Alle wollen sich das ansehen. Dührs Wangen röten sich vor Anstrengung.

Als kurz darauf ein zweiter Schlaganfall Rosi Beeri in ihrem Rollstuhl erstarren lässt, steht der Eidechsenjunge in der Menge, die den Rettungsleuten zusieht. Die Sanitäter schieben sie mit dem Rollstuhl in den Krankenwagen. Alfons fährt nicht mit. Er bleibt vor der offenen Wohnungstür stehen. Seine schlitzförmigen Augen hängen tief und auf unterschiedlicher Höhe, die Wangen sind eingefallen. Kuschdohära wartet vergebens auf ein Zeichen.

Als Beeri kaum drei Monate später den Hauswartsdienst aufgibt, tritt ein externer Hausmeister an seine Stelle, der aber nur selten vorbeikommt. Er schreibt Rundbriefe und hinterlässt Zettel mit Anweisungen. Der Padrone lässt sich nur noch selten blicken. Er stecke in Schwierigkeiten, sein Sohn Felix habe irgendetwas Krummes gedreht und sitze nun im Gefängnis, wird geredet. Für die Reinigungsarbeiten im Haus ist niemand mehr richtig zuständig. Die Mutter kann es nicht lassen, obwohl sie kein Geld dafür bekommt.

Beeri darf seine Wohnung behalten. Er ist in kurzer Zeit gealtert, wirkt vergesslich und verwirrt. Die Mutter holt ihn gelegentlich zu sich in die Wohnung und schenkt ihm Kaffee ein. Der Eidechsenjunge muss sich vor ihm nicht mehr verstecken. Beeri schlürft seinen Kaffee. Er zeigt sich gesprächig. Die Mutter hat ein mehrschichtiges Tiramisu zubereitet. Nach dem ersten Bissen bekommt Beeri einen Hustenanfall und spuckt den ganzen Kaffee über den Tisch. Es ist ihm sehr peinlich. Er entschuldigt sich mehrmals hintereinander. Da der Husten nicht aufhört, steht er auf und verabschiedet sich. Alle können hören, wie er vom Husten geschüttelt die Haustreppe hinuntergeht.

Von nun an schickt die Mutter den Eidechsenjungen abends mit einem Stück warmer Focaccia zu Beeri hinunter. Oft, wenn der Eidechsenjunge eintritt, döst Beeri im Wohnzimmer. Der Eidechsenjunge dreht die Storen hinunter, die laut rattern, und Beeri erwacht. Er ist nicht erstaunt, den jungen Mann in seiner Wohnung zu sehen, als wäre er ein alter Bekannter. Manchmal schaut er ihn entgeistert an und fragt, ob er dieser oder ein anderer sei.

Als an einem Abend der Eidechsenjunge mit einer vorgekochten Mahlzeit in die Wohnung tritt, findet er den Hausmeister nirgends, bis er ein leises Wimmern vernimmt, das aus dem Badezimmer kommt. Beeri liegt in der halb vollen Badewanne und weint, er schaffe es nicht mehr heraus. Der Eidechsenjunge hebt den zitternden Mann aus der Wanne. Er ist leicht wie ein Kind. Am Boden haben sich gelbe übel riechende Wasserpfützen gebildet. Das Wasser ist schon ganz kalt, so lange hat der arme Kerl gekämpft. Der Eidechsenjunge wickelt ihn in ein Badetuch und bringt ihn ins Bett.

15

Onofrio schaut bei den Eltern des Eidechsenjungen vorbei. Er ist längst ausgezogen und hat jetzt sein Studium abgeschlossen. Er ist elegant angezogen und wirkt mit seinen guten Manieren wie aus der Zeit gefallen. Der Eidechsenjunge will sich nicht mehr verstecken. Die Mutter bleibt gelassen. Sie sagt, er sei der Sohn ihrer Schwester, der sie besuche. Der Eidechsenjunge gibt Onofrio die Hand.

Onofrio spricht über seine Eltern, sie hätten immer von einer Schiffsüberfahrt nach Amerika geträumt, aber jetzt wollten sie nicht mehr. Er fragt die Mutter, ob sie vielleicht ab und zu nach ihnen sehen könnte. Als der Vater in die Küche tritt, blickt er fragend und erstaunt zur Mutter, dann zum Eidechsenjungen. Er umarmt Onofrio. Er freut sich, ihn zu sehen. Er sagt, im Haus sei es still geworden. Keine Kinder mehr, kein Hausmeister, ein Friedhof. Dann erzählt er von seiner Arbeit.

»Ich bin müde, aber auf der Baustelle bin ich jetzt wie ein Chef«, sagt er.

»Bei Wind und Wetter habe ich in der Baugrube gestanden, bin ich aufs Gerüst geklettert. Ich habe viele Mauern hochgezogen. Wer jetzt in den Häusern wohnt, weiß natürlich nicht, wie mir davon der Rücken wehtut.«

»Ja, ja«, sagt Onofrio, »aber du hast wenigstens immer eine gute Arbeit gehabt.«

Aber bald sei der Moment gekommen, sagt der Vater.

Das Haus in Ripa sei so gut wie fertig. Jetzt komme der Winter, da wolle er die allerletzten Arbeiten machen. Nur noch eine Saison, nur noch eine, und dann sei Schluss. »Wir gehen zurück«, sagt er. »Ich werde es dem Padrone bald sagen.«

»Seid ihr euch sicher?«, fragt Onofrio. »Ihr habt es ja bei meinen Eltern gesehen, sie haben es versucht. Sie haben es nur wenige Monate ausgehalten.«

Die Mutter nickt. Der Vater sagt, der Entschluss sei gefasst. Der Eidechsenjunge schleicht sich aus der Küche.

Wenig später kommt unerwartet Emmy zu Besuch. Wieder erkennt der Eidechsenjunge sofort, wer die Treppe hochsteigt. Emmy trägt eine Strickjacke und eine Wollmütze, die aber ihr blau geschwollenes linkes Auge nicht ganz verbergen kann. Emmy will nicht darüber reden. Sie fragt, ob sie ein paar Tage bleiben dürfe, bis das Auge ausgeheilt sei. Die Eltern freuen sich. Sie bedrängen Emmy mit ihren Fragen, aber Emmy weint nur. Dann will sie, dass man von früher erzählt, dass der Vater die alten Platten auflegt. Er sagt, der Plattenspieler funktioniere leider nicht mehr. So fangen sie selber an zu singen. Emmy hat schon wieder Tränen in den Augen.

Am Abend geht sie mit dem Eidechsenjungen ins Dachgeschoss. »Es ist alles wie früher«, sagt Emmy mit zittriger Stimme, »nur noch viel mehr Bücher, und die Lampe ist neu, wo hast du die her, damals war es immer ganz dunkel hier oben.« Sie nimmt das Bild von der Madonnina von der Wand und wischt mit der Hand den Staub weg.

»Du bist wirklich immer noch da«, sagt sie.

»Meine Eltern wollen zurück«, sagt der Eidechsenjunge.

»Das wäre gut, dann bist du endlich raus hier, und du beginnst ein neues Leben.«

»Ich werde nicht mitgehen.«

»Was heißt, du gehst nicht mit? Wie stellst du dir das vor?«

»Ich bleibe hier, ich kann mich immer weiter verstecken. Und wenn es sein muss, kämpfe ich.«

»Wieso redest du so? Du bist doch kein Kind mehr.«

»Oder ich gehe mit dir.«

»Mit mir? Ich kann dich nicht mitnehmen. Mein Leben ist kompliziert, du siehst es ja.«

Er soll ihr von allen erzählen, von Beeri, von Carlos, vom alten Dühr, sie will wissen, was Felix macht, wo Onofrio ist. Sie hört zu und nickt. Der Eidechsenjunge kann nicht still sitzen, blickt an Emmy vorbei, wischt mit dem Fuß über den staubigen Boden.

Emmy fragt, weshalb er bloß nicht früher mit ihr fortgegangen sei. »Blödmann, Blödmann«, sagt sie immer wieder, »du bist doch der einzige liebe Mensch!«

Und dann bricht Emmy zusammen. Ihre Augen füllen sich mit Tränen. Sie umarmt den Eidechsenjungen.

»Wir können hier oben schlafen«, sagt er.

Als Emmys Auge nach ein paar Tagen ausgeheilt ist, umarmt sie den Vater, die Mutter, sie umarmt den Eidechsenjungen, schaut ihm ins Gesicht, als wolle sie ihn auffordern, sein Schicksal selber in die Hand zu nehmen. Der Vater sagt noch zu Emmy, wer der Kerl auch sei, er dürfe sie nicht schlagen, sonst bekomme er es mit ihm zu tun.

16

Der Vater sagt es dem Padrone erst nach dem Sommer. »Willst du das wirklich?«, erwidert Dühr, »du bist nicht mehr der Jüngste, eine Firma neu aufbauen, weißt du, was das bedeutet? Und dann in deinem Land, viel Spaß, Bandito!« Der Vater zeigt sich entschlossen.

Aber dann, kurz nach Weihnachten, als die Eltern eigentlich nach Ripa fahren wollen, um das neue Haus einzurichten, geht es dem Vater nicht gut. Der Eidechsenjunge hat als Erster die Anzeichen der Krankheit erkannt. Unter den Augen hat der Vater auf einmal Schatten, rotschwarz wie Wunden. Er ist immer müde, steht gar nicht mehr vom Sofa auf. Die ganze Nacht bleibt er vor dem eingeschalteten Fernseher liegen. Die Reise nach Ripa muss aufgeschoben werden. Bei Arbeitsbeginn Ende Januar geht er noch einige Tage auf die Baustelle zurück. Dort reißt er sich zusammen, aber zu Hause schläft er beim Essen ein, die Mutter und der Eidechsenjunge müssen zusehen, wie sein Körper abends in sich zusammensackt und der Kopf fast auf dem Tisch aufschlägt.

Eines frühen Morgens Ende Februar kann er sich nicht mehr auf den Beinen halten. Die Mutter bestellt ein Taxi und bringt ihn ins Krankenhaus. Als sie zurückkommt, setzt sie sich an den Küchentisch. »Papà wird bald sterben«, sagt sie, ohne den Eidechsenjungen anzublicken.

Nach der Operation kommt der Vater wieder nach Hause. Er liegt die meiste Zeit im Bett oder sitzt einfach nur da, zusammengesunken, kauernd auf der Bettkante, als würde er jeden Moment zur Seite kippen, die Augen geschlossen, schwer atmend. Der Eidechsenjunge steht schweigend in der Tür. Manchmal kommt er ein, zwei Schritte näher ans Bett und deutet eine Bewegung der Hand an.

Der Vater muss eine ganze Menge verschiedenfarbiger Pillen mit Tee runterspülen. Die Mutter legt sie in einer Dose zusammen. Eine sonderbare Stille herrscht in der Wohnung. Die Tage schleppen sich dahin. Der Vater ist schon vom Tod umweht. Es wird Frühling. Der Aprilföhn rüttelt an den klapprigen Fensterläden. Es kommen Arbeitskollegen zu Besuch. Der Eidechsenjunge schaut zu, wie manche von ihnen mit der Mutter in der Küche weinen.

Eine zweite Operation folgt, dann eine lange Serie mit Bestrahlungen. Als der Vater wieder zu Hause ist, geht es ihm eine Zeit lang erstaunlich gut. Er ist vollkommen kahl, aber sonst merkt man ihm die Krankheit gar nicht an.

Im Sommer, mit der Hitze, kommt der endgültige Zusammenbruch. Der Vater will eines Morgens aufstehen, die Mutter hilft ihm dabei, da gleitet er ihr durch die Arme und fällt zu Boden, wie ein Sack, schlapp und schwer. Er muss wieder ins Krankenhaus, nur können die Ärzte jetzt nichts mehr für ihn tun. Sie wollen ihn dabehalten, es werde nicht mehr lange dauern. Aber die Mutter ist stur und bringt ihn nach Hause.

Der Vater will sich nicht ins Bett legen, sondern aufs Sofa in der Stanza in fondo. Es dauert noch einen ganzen

Monat. Manchmal bleibt der Eidechsenjunge mit ihm allein, geht dann in Zeitlupenschritten zwischen Wand und Bett hin und her, beugt sich über den Vater, der nicht mehr sprechen kann.

Der italienische Priester kommt vorbei, dem Vater die letzte Ölung zu spenden. Er streckt den Zeigefinger in die Luft, macht es kurz und bündig, ohne Floskeln, als wäre es reine Zeitverschwendung.

Die Mutter und eine Pflegerin cremen den Körper des Sterbenden zwei Mal am Tag ein. Die von der Arbeit geschundenen Hände werden dadurch glatt und geschmeidig. Der Tod wird den Vater ohne die Spuren der Baustelle mitnehmen. Carlos' Mutter bringt jeden Tag etwas zu essen hoch: »Gib ihm das«, sagt sie der Mutter, »das wird er mögen, das wird ihm guttun.«

An einem frühen Morgen kündigt sich das Ende an. Der Vater hat die Augen angstvoll aufgerissen und schnappt nach Luft. Er ist unruhig, deutet mit dem Finger zum Fenster. Niemand kann ihn verstehen. Ein Schauer durchfährt seinen Körper, die Mundwinkel fallen nach unten, und plötzlich bewegt er sich nicht mehr. Die Uhr zeigt sieben Uhr elf. Die Mutter hält die Hand des Vaters, der Eidechsenjunge steht erstarrt daneben. Dann schüttelt sie den Eidechsenjungen. Er reißt die Augen auf und klappt den Mund zu. Die Mutter ruft den Arzt an, der vorbeikommt und den Tod des Vaters feststellt. Er bindet ihm ein Tuch ums Kinn. Die Mutter bricht in Tränen aus. Die Pflegerin tritt ins Zimmer, um den Toten zu waschen und ihm die Kleider anzuziehen, die die Mutter bereitgemacht hat. Sie legt die schon steifen Hände des Vaters übereinander und steckt ihm eine Blume zwischen die Finger. Der starre Körper liegt ausgestreckt da. Die Hände, die Arme und die Beine sind kalt, aber die Stirn ist noch warm. Die Mutter hält ihre Handfläche darauf, als ob sie damit aufhalten könnte, dass auch der letzte Rest von Leben aus dem Körper des Vaters weicht.

Die Mutter will den toten Vater den ganzen Tag und eine Nacht zu Hause behalten. Die Arbeitskollegen kommen vorbei. Auf dem Sofa in der Stanza in fondo, wo sie so manches Fußballspiel am Fernseher gemeinsam angeschaut haben, liegt nun der tote Vater. Die Arbeitskollegen umarmen die Mutter. Dem Eidechsenjungen sagen sie, er solle nun der Mutter beistehen. Die Mutter kocht Kaffee. Ihre Bewegungen sind mechanisch. Sie hat auch eine Suppe vorbereitet. Die Arbeitskollegen, zuerst leise und zurückhaltend, dann immer lauter und immer heiterer lachend, essen neben dem Toten, plaudern, reichen sich alte Fotos und tauschen Erinnerungen aus: »Schau, wie jung er da war. Und wie er singen konnte!«

Es gibt viele Entscheidungen zu treffen, und die Mutter müsste sich um alles kümmern. Aber sie wartet einfach ab, will den endgültigen Abschied möglichst weit hinauszögern.

Gegen Abend kommt der Padrone vorbei. Er ist sichtlich berührt. Er umarmt die Mutter. Sie erschrickt dabei. Er sagt fast nichts, sitzt da, schaut auf den Toten und schüttelt ungläubig den Kopf. Er sagt ganz leise: »Was machst du nur, Bandito?« Dann schaut er die Arbeitskollegen an und sagt: »Er wollte doch nach Hause fahren!«

Die letzte Nacht mit dem Vater ist der Eidechsenjunge wie weggetreten. Er nimmt nur gedämpfte Geräusche, verschwommene Konturen wahr. Er weiß nicht, wie lange er schon bei dem Toten sitzt, ob die Mutter auch im Zimmer ist. Er hört entfernt Stimmen, ein Arbeitskollege, der sich erhebt und hinausgeht, ein anderer, der hereinkommt. Die Nacht scheint endlos. Irgendwann sind die Mutter und der Eidechsenjunge wieder allein.

Am nächsten Morgen kommen zwei Männer vom Bestattungsinstitut. Sie heben den toten Körper in eine Kiste, sie ist aber zu kurz, und die Männer müssen dem Vater die Schuhe ausziehen. Die stecken sie dann neben den steifen Körper. Die Mutter will den Vater nicht fortlassen. Man muss sie festhalten und in die Küche führen. Der Eidechsenjunge holt das Bild von Marilyn Monroe aus der Brieftasche des Vaters und legt es in den Sarg. Dann wird die Kiste geschlossen und der tote Vater weggebracht.

17

Ohne den Vater herrscht in der Wohnung eine große Stille. Kein Fernseher läuft, die Mutter schaut wortlos den Eidechsenjungen an, der bleich und mit zerfransten, fettigen Haaren die Gedanken anderswo hat. Er stützt den Kopf auf einen Arm, und mit dem Zeigefinger der anderen Hand tippt er in regelmäßigen Abständen an die Glühbirne, die über dem Küchentisch baumelt. Wenn die Mutter versucht, ihm ins Gesicht zu sehen, wendet er den Blick ab. Dann geht sie im Korridor auf und ab und schaut in die leeren Zimmer, als horchte sie in die Erinnerung hinein.

Für die Arbeit in der Fabrik sei sie noch nicht bereit, das komme dann schon wieder, sagt sie. Sie bringt jeden Morgen frische Blumen ans Grab des Vaters. Wenn Carlos' Mutter fragt, was denn der Eidechsenjunge so tue, antwortet sie, das wisse sie eigentlich nicht genau.

Abends setzt sie sich vor den Fernseher, den sie aber nicht einschaltet. Dann redet sie.

Sie sagt, es sei merkwürdig, aber nach dem Tod des Vaters tauchten bei ihr längst vergessene Kindheitserinnerungen auf. Ihr Vater habe sie als Kind immer auf dem Fahrrad mitgenommen. Einmal seien sie gestürzt, weil er zu nah an den Bordstein geraten sei. Sie sei mit dem Gesicht auf der Straße gelandet. Sie zieht ihre Haare nach hinten und zeigt dem Jungen die Narbe. Sie habe am Kopf geblutet.

Wenn die Mutter nach einer Weile einschläft, presst der Eidechsenjunge das Ohr gegen die Wohnungstür, er hält den Atem an, um etwas zu hören, ein Geräusch, eine Stimme, vielleicht Schritte, aber alles ist still.

Dann, eines Abends, sagt der Eidechsenjunge zur Mutter: »Der Wolf ist wieder da.«

»Du hast ja Fieber«, fährt die Mutter hoch.

Kurz darauf ein Stechen im Unterleib. Es wird sofort unerträglich. Das Fieber steigt von Stunde zu Stunde. »Ein graubrauner Wolf, mit einem dichten Fell«, keucht der Eidechsenjunge im Fiebertraum. Seine Stirn ist schweißnass. Er atmet heftig. Die Augen sind mit roten Äderchen durchzogen. Er windet sich vor Schmerzen. Die Mutter ist verzweifelt: »Was hast du? Was soll ich tun?«

Draußen weht ein heftiger Wind. Es ist schon mitten in der Nacht. Die Mutter versteht nicht mehr, was der Junge sagt. Sie streicht sich mit dem Handrücken über die tränenfeuchten Augen. Als draußen der Morgen dämmert, ruft sie den Arzt. Der tastet den Bauch des Eidechsenjungen ab und stellt eine akute Blinddarmentzündung fest. Der Junge müsse sofort ins Spital, er schwebe in Lebensgefahr.

Während der Fahrt mit dem Krankenwagen fragen die Sanitäter Dinge, auf die die Mutter keine Antwort weiß, Blutgruppe, Impfungen, Krankenkasse. Dem Eidechsenjungen haben sie ein Schmerzmittel gespritzt. Einer fühlt den Puls. Ein anderer redet mit ihm. Die Mutter sitzt vorne neben dem Fahrer und dreht sich immer wieder aufgeregt nach hinten um. In der Notfallaufnahme herrscht große

Hektik. Man legt den Eidechsenjungen auf eine Liege. Alle reden durcheinander. Die Mutter steht wie verloren dabei. Ob sie eine Verwandte sei, wird sie gefragt. Sie antwortet: »Ich bin die Mutter.« Der Eidechsenjunge bekommt erstmals in seinem Leben eine Infusion gesteckt. Er betrachtet die weißen Kittel der Ärzte und die piepsenden Monitore. Es ist alles still und sauber, die Krankenschwestern und die Ärzte sind freundlich. Dann bringen sie den Eidechsen-0jungen in den Operationssaal.

Andere Ärzte in grünen Kitteln stehen um den Eidechsenjungen herum. Sie tragen Masken. Einer sagt: »Es wird Ihnen bald besser gehen.« Um den Eidechsenjungen herum sind Geräte und Schläuche. Ein Maskierter beugt sich über ihn und sagt: »Ich bin der Anästhesist. Sie werden jetzt schlafen. Sie merken nichts. Es ist nur ein kleiner Stich.« In die Vene am vernarbten Unterarm wird ihm die Narkose gespritzt. Eine nie da gewesene Müdigkeit breitet sich im Eidechsenjungen aus. Er spürt den warmen Atem des Wolfs auf seinem Gesicht:

»In deinem Traum wird ein Lied sein«, flüstert ihm der Wolf ins Ohr.

Der Eidechsenjunge schließt die Augen. Dann wird es dunkel und still.

Über den Autor

Foto: Momir Cavic

Vincenzo Todisco, 1964 als Sohn italienischer Einwanderer in Stans (Schweiz) geboren, studierte Romanistik in Zürich und lebt heute als Autor und Dozent in Rhäzüns. Für sein literarisches Schaffen wurde er 2005 mit dem Bündner Literaturpreis ausgezeichnet. Im Rotpunktverlag liegen seine Romane in deutscher Übersetzung (Maja Pflug) vor, zuletzt *Der Bandoneonspieler* (2007) und *Rocco und Marittimo* (2011). *Das Eidechsenkind* ist seine erste Buchveröffentlichung auf Deutsch. Der Roman wurde für den Schweizer Buchpreis 2018 nominiert.